3年B組金八先生

15歳の別れ道

清水有生

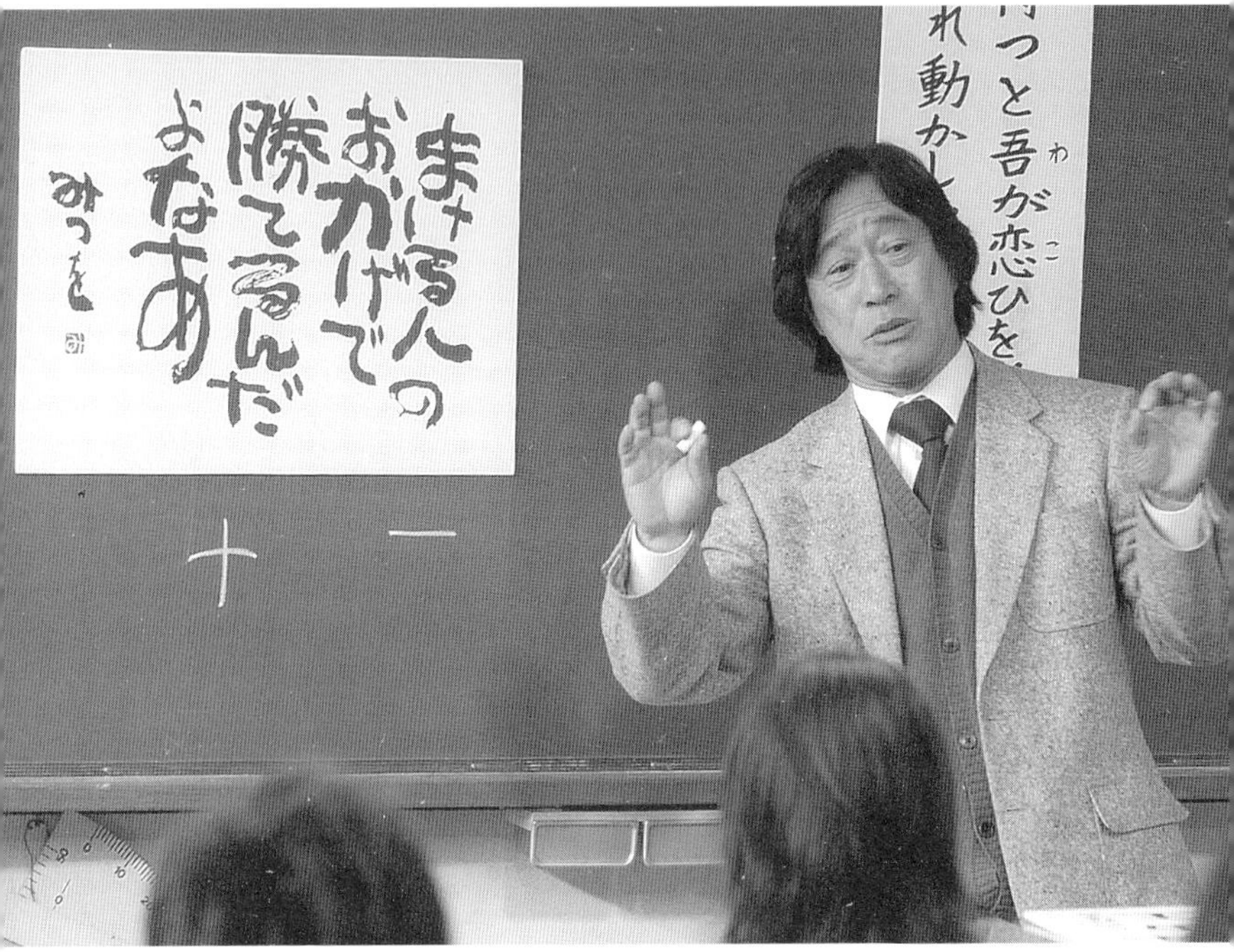

高文研

◆本書に登場する3年B組生徒（上段：配役名）

小塚　崇史
（鮎川　太陽）

笠井　　淳
（上森　寛元）

江口　哲史
（竹下　恭平）

麻田　玲子
（福田　沙紀）

小村　飛鳥
（杉林　沙織）

金丸　博明
（府金　重哉）

大胡　あすか
（清浦　夏実）

安生　有希
（五十嵐　奈生）

島　健一郎
（筒井　万央）

狩野　伸太郎
（濱田　　岳）

小川　比呂
（末広　ゆい）

飯島　弥生
（岩田　さゆり）

清水　信子
（寺島　　咲）

倉田　直明
（今福　俊介）

小野　孝太郎
（竹内　友哉）

稲葉　舞子
（黒川　智花）

◆本書に登場する3年B組生徒（上段：配役名）

姫野　麻子
（加藤　みづき）

長坂　和晃
（村上　雄太）

田中　奈穂佳
（石田　未来）

杉田　祥恵
（渡辺　有菜）

丸山　しゅう
（八乙女　光）

中澤　雄子
（笹山　都築）

坪井　典子
（上脇　結友）

鈴木　康二郎
（薮　　宏太）

中村　真佐人
（冨浦　智嗣）

富山　量太
（千代　將太）

園上　征幸
（平　　慶翔）

西尾　浩美
（郡司　あやの）

中木原　智美
（白石　知世）

高木　隼人
（結城　洋平）

もくじ

I　ドラッグに呪われた家

以前、しゅうを襲った二人組は父・栄輔の部屋に押し入り、乱暴に父をベッドから引きずり下ろした。「ヤクをどこに隠した！」、怒りは母の光代に向けられた。

受験生に正月はない。ヤヨのトーチランも無事《ぶじ》に終わり、三Bたちは高校受験に向けていよいよラストスパートに入った。冬休みに入ると、塾《じゅく》の講習《こうしゅう》や合宿がはじまる。冬休み返上《へんじょう》なのは教師も同じで、金八先生、北先生、乾《いぬい》先生はローテーションを組んで、補《ほ》習授業《しゅうじゅぎょう》に忙しい。家で一人では勉強するよりは、と、学校での補習にもかなりの人数が集まった。休みに入っても仲間の顔を見られるのが、息抜きになっているようだ。

しばらく前のトゲトゲしかったころがウソのように、教室の雰囲気《ふんいき》はなごやかだった。高校受験をしないヤヨも学校へ出てきて、おとなしく補習を受けていた。

塾へも行かず、学校へも出てこないのは三Bではしゅう一人だけだった。しゅうは、崇《たか》史《し》が塾から帰る時間をみはからっては、時どき崇史の家の近くまでやってきた。マンションの近くの土手《どて》にしゅうの姿を見つけると、崇史は嬉《うれ》しくて小走《こばし》りになった。

「待っててくれたんだ」

ポケットに手をつっこんだ手ぶらのしゅうを見て、崇史はたったいま三Bの補習組とすれ違ったのを思い出した。

「あれ、おまえ、補習に出ないの？　なんでだよ」

「おれ、高校行かない。働くから」

しゅうはさらりと答えたが、目はふせたままだ。驚《おどろ》く崇史に、それ以上の質問を封《ふう》じるかのように、しゅうはきっぱりと言った。

「おまえならわかるだろ。おれんちのこと」

崇史はしゅうの家の前にとめてあるトラックのスクラップを思い出していた。最近またしゅうとよく話すようになったが、家や家族のことに関してはしゅうは相変《あいか》わらず無口《むくち》だ。しゅうの家の会社が倒産《とうさん》したことや、父親が起こした事故の原因がドラッグであったらしいことなど、崇史はぼんやりと知ってはいたが、突っこんで聞くのは気がひけた。だから、しゅうの父親が今何をしているのか、崇史は知らない。また、しゅうが話したがらないことを無理に聞き出す気も崇史にはなかった。

けれども、成績のよいしゅうが進学したくないわけはないことは、崇史にもよくわかる。崇史は自分の鈍感《どんかん》さに腹が立った。

「……ごめん」

「荷物置いてこいよ。タコヤキ食べに行こうぜ」

しゅうは、何ごともなかったように笑って崇史を誘《さそ》った。崇史といるときぐらい、事故のこと、ドラッグのこと、追ってくる男たちのことを忘れたかったのだ。

金八先生はといえば、今年の正月は職場も家庭も受験一色《じゅけんいっしょく》だ。乙女《おとめ》が朝食を作る横で、いつもなら味見《あじみ》に忙しい幸作《こうさく》が、せっせと受験合宿の荷《に》づくりをしている。

「新年そうそう、わが家の受験生も大変ね」

乙女がからかうと、幸作は真顔《まがお》でうなずいた。

「いよいよ本番間近《ほんばんまぢか》ですからね。気合入ってますよ。一日目のおやつ、夜食、二日目のおやつ、夜食……」

ぶつぶつ言いながら、大量のカップ麺《めん》と駄菓子《だがし》をスポーツバッグに詰《つ》めこむ息子を見て、金八先生はため息をついた。しかし、金八先生もまたのんびりとしてはいられない。補習授業をするからには、その準備もある。幸作と一緒に家を出ようとすると、乙女に背中から声をかけられた。

「そうだ、今夜、青木さん来るからよろしくね」

乙女の声はいかにもついでといった調子《ちょうし》だが、内心《ないしん》はもちろんそうではない。

一方、〝青木〟という名を聞いただけで、金八先生の心臓《しんぞう》ははねあがった。

「へえ、来るんだ、青木さん」

幸作のほうが好奇心《こうきしん》いっぱいでふりむいた。ヤヨのトーチラン以来、乙女の話題にはいっそうひんぱんに養護学校の〝青木さん〟が登場するようになっていた。金八先生はそのたびに茶化《ちゃか》したり、嫌味《いやみ》を言ったりして抵抗してきたのだが、面と向かって話されると、とたんにどうしていいかわからないのだった。

「来るって、ど、どこに？」

「うちに決まってるじゃない」

「な、何で？」

「何でって……ま、新年のご挨拶《あいさつ》がてら、お父ちゃんに会いたいって」

「あのね、乙女」

金八先生はぞっとした。けれど、乙女はそんなことにはおかまいなく、余裕《よゆう》の笑《え》みだ。

「最近よくお父ちゃんの話になるのよ、青木さんと。青木さんね、一度お父ちゃんの学校での話とか聞かせてほしいって。それでね……」

「父ちゃん、いよいよ決戦《けっせん》だね」

幸作がにやにやしながら追《お》い討《う》ちをかける。金八先生はあわてて首を横に振った。

「今日はだめだ。あれ、あれがあったからな」

新年のご挨拶がてら「今日、養護学校の青木さんが訪ねて来る」と、乙女から言われて金八先生は大あわて。「父ちゃん、いよいよ決戦だね」と冷やかす幸作。

「何？」

「あれ、あれだ、ほら補習授業の打ち合わせをかねて、乾《いぬい》先生や北先生たちと一杯《いっぱい》やりながら話し合おうって約束してたんだ。うん、そうだった。言い忘れてた」

「うそ！　そんな話聞いてないよ」

「おっ、いかん、遅刻《ちこく》だっ」

金八先生は乙女の抗議をふりきると、カバンをつかんで走り出した。

職員室には、新学期の準備のため全員がそろって出てきていた。三学期から復帰《ふっき》する花子先生の顔も見える。金八先生は今晩青木青年と顔をあわせない口実《こうじつ》をつくるため、片《かた》っぱしから声をかけてまわったが、こんな日にかぎってみな先約《せんやく》があるのだった。

「もしかして、乙女さんと何かあったんですか」

遠藤先生が耳ざとく寄ってきたので、金八先生はあわててごまかした。

「ないないっ。何もないっ」

塾の合宿を終えて帰ってきた崇史は、自宅の玄関をあけて仰天《ぎょうてん》した。部屋中にダンボール箱が積み上げられていたのだ。その箱の間で、母親の芳子《よしこ》が忙しそうに動きまわって、家財道具《かざいどうぐ》を箱《はこ》につめていた。

「お母さん、これ、どうしたの?」

部屋の入り口に立ち尽《つ》くしている崇史にちらりと目をやっただけで、芳子は早口《はやくち》に答えた。

「お父さんの会社が不渡《ふわた》り出して、この家を明け渡さなきゃならないのよ」

「お父さんの会社は?」

「どうなるかわかんないわ。とにかく崇史も荷物をまとめてちょうだい」

芳子は新しいダンボールを崇史の手に押し付け、ため息とともに宣告《せんこく》した。

「あなたの受験だけど……開栄《かいえい》はあきらめてね」

崇史は口がきけなかった。母は崇史以上に開栄にこだわってきたはずなのに、もはや崇史のことなど目に入らない様子《ようす》だ。崇史は突然すべてから見放されたような気がした。自分の部屋に入っても荷づくりをする気になどなれない。崇史はベッドに身を投げ出して、しばらくじっとしていたが、やがてケータイを取り出してメールを打った。

『相談したいことがある。会えないか？』

崇史からのメールを受け取ったとき、しゅうは父親の栄輔《えいすけ》に食事をさせている最中《さいちゅう》だった。体に麻痺《まひ》の残っている栄輔は、ものを飲み込むのも不器用《ぶきよう》にしかできず、一度口に入ったものでも吐《は》いてしまうことなど、しょっちゅうだ。しゅうは慎重《しんちょう》にスプーンを父親の口に運《はこ》んだ。栄輔はたいがいうつろな目をしていたが、すりおろしたりんごを口に入れてやったときなどほのかに微笑《ほほえ》むこともあって、そうするとしゅうの胸もつかの間の幸福感で満《み》たされるのだった。

『ＯＫ。30分後にいつもの場所で』

しゅうは手早《てばや》く崇史に返信すると、栄輔に食事の続きをさせた。

階下で母親の帰ってきたらしい物音がした。しゅうが手元《てもと》から目をはなした瞬間、皿が布団《ふとん》の上へとんだ。栄輔が突然《とつぜん》身《み》をよじったのだ。発作《ほっさ》だった。こうなると、しゅうの手にはおえない。食いしばった歯の間から獣《けもの》のようなうめき声をあげ、布団の中で身もだえする父親には、わが子の顔さえわかっていなかった。

「母さん、早く来てっ、母さん！」

しゅうのせっぱつまった呼び声に、光代《みつよ》はすぐに階段をあがってきた。そして、もがき苦しむ栄輔を見るなり、しゅうを乱暴に部屋の外へ追い出した。しゅうは、壁《かべ》を背に廊下《ろうか》に座り込んだまま、じっと中の様子《ようす》に耳をすませていた。栄輔の暴《あば》れる音がしばらく聞こえていたが、やがて静かになり、疲労《ひろう》した顔の光代が出てきた。しゅうは、ほっとして母親を見あげて言った。

「母さん、ぼくも痛《いた》み止《ど》めの注射《ちゅうしゃ》の打ち方を覚《おぼ》えるよ。そしたら、母さんももっと楽になるでしょ」

しかし光代は、ぎらりとしゅうをにらむと、いきなり殴《なぐ》りかかった。それからは、まるで栄輔の発作《ほっさ》が乗り移りでもしたかのように、夢中《むちゅう》でしゅうを殴り、蹴《け》り続ける。しゅうは母親の暴力の下にただ身をかがめ、体を左右に寄せて急所《きゅうしょ》を守るだけだ。しゅうの無抵抗《むていこう》が光代のいらだちをよけいにあおった。だんだん階段の方へとあとずさっていたしゅうは、光代の蹴りで体勢《たいせい》を崩《くず》して、あっという間に階下へ転《ころ》げ落《お》ちた。

「しゅう！」

さすがに光代もどきりとして、しゅうのそばへ駆け寄ったが、立ち上がろうとしたしゅうが思ったほどダメージを受けていないのを見てとると、ふたたび執拗《しつよう》に殴りつけはじめた。光代の暴力はだんだんエスカレートし、しゅうは唇《くちびる》をかたく結び、床《ゆか》を這《は》いながらひたすら耐《た》えている。

突然、光代の殴打《おうだ》がやんで、しゅうは伏《ふ》せていた頭をそっとあげた。光代がまっすぐ、玄関の方を見つめたまま、凍《こお》りついている。

見ると、玄関の戸のすりガラスの上五センチほど透明《とうめい》になっている部分から、二つの目がまっすぐこちらを見つめていた。背の高い崇史《たかし》の目だった。約束の時間になってもしゅうが現《あら》われないので、家までやって来たのだろう。いつから崇史は光代の虐待《ぎゃくたい》を見ていたのだろうか。しゅうと目があうと、崇史はくるりと背をむけて駆《か》け出した。

「待てよ、崇史！」

しゅうは必死で立ち上がると、光代をふりきって崇史の後を追った。

「待ってくれ、崇史」

土手《どて》の上まで行って、しゅうはようやく崇史に追いついた。崇史は立ち止まってしゅうを振り返ったが、その目にはまだ驚きと恐怖《きょうふ》が浮かんでいる。

「今見たことは誰にも言わないでくれ。頼む」

肩で息をしながら懇願《こんがん》するしゅうを、崇史はじっと見下《みお》ろしていたが、やがてきっぱりと言った。

「……いつもあんなふうにやられてたのか。警察に行こう」

「さっきのはおれが悪かったんだ。母さんが怒るのは当然だから」

「大丈夫だ。おれも一緒に行ってあげるから」

崇史の言葉にしゅうは激しく首を振った。

「殺されるかもしれないんだぞ……！」

崇史は思わずしゅうの肩をつかんだが、しゅうはかたくなに首を横に振るばかりだ。

「お願いだ。誰にも言わないでくれ」

「だけど」

「友だちだろ、頼む」

何をしたら、あれほどまでに殴《なぐ》られるというのだろう。しゅうの話は信じられなかったが、しゅうのあまりの真剣《しんけん》さに、崇史はその願いをはねつけることができなかった。

「……わかった」

崇史がしぶしぶうなずくと、しゅうは安堵《あんど》した様子《ようす》で微笑《ほほえ》んだ。

「ありがとう。じゃあ、戻らないと」

「……うん」

片手をあげて振り向く仕草《しぐさ》はいつものしゅうと変わらない。しゅうが、光代のいるあの家へ帰らねばならないのかと思うと、崇史の胸はしめつけられた。戻りかけて、しゅうがふいに振り返ってたずねた。

「そうだ、ごめん。相談したいことって?」

呼び出したのは崇史のほうだった。が、高級マンションからの立《た》ち退《の》きや第一希望の私立を諦《あきら》めなければならないことなど、今のしゅうの境遇《きょうぐう》に比《くら》べればとるに足りないことに思われた。崇史はなんでもないと手をふった。

「もういいんだ。たいしたことじゃない」

「そっか。じゃな」

土手をおりるしゅうは、かすかに足を引きずっていた。崇史は、その背中《せなか》を見送りながら、この優しく、不幸な友だちに何もしてやれない自分が情《なさ》けなくて仕方がなかった。

家に帰る気もせず、崇史はあてもなく夕暮《ゆうぐ》れの町を歩きまわった。誰にも言わないでと言ったしゅうの必死の顔と、光代に激しく殴られるしゅうの姿が頭の中で交互《こうご》に現われては消えた。伸太郎《しんたろう》たちや金八先生の顔も浮かんだが、しゅうを裏切《うらぎ》ることになるかと思うと話す決心もつかず、不安ばかりがふくれあがり、いつしか日はすっかり落ちていた。

崇史は思いあぐねた末、舞子《まいこ》に相談してみることにした。舞子もしゅうとは幼馴染《おさななじ》みで、以前は親どうしも親しかったはずだ。しゅうが変わってしまった今も、舞子がいつもしゅうのことを気にかけているのを崇史は知っている。真面目《まじめ》な舞子ならば、しゅうの秘密を言いふらしたりはしないと思われた。舞子の家に電話をし、しゅうのことで相談したいというと、舞子はすぐに待ち合わせのファミリーレストランへやって来た。

崇史から今日見た光景を聞き、舞子は眉《まゆ》をしかめた。

「……信じられない。しゅうのお母さん、あんなに優しい人だったのに」

そう言いながら、舞子はどこかで予感《よかん》が当たったのを感じていた。しゅうの父が事故を起こしてから、何度か、舞子は家に相談に訪れた光代を見かけたが、苦労したせいか、以前の明るさはなく、まるで別人《べつじん》のように思われた。しゅうが、崇史と声を交《か》わした後、また家へ戻ったと聞いて、舞子は声をあげた。

「危険よ、そんなの！」

心配のあまり大きく見ひらかれた舞子の目を見て、崇史は自分の不安を裏付《うらづ》けられた気がして、すっかり落ち込んだ。やはり、しゅうをひきとめればよかった、と崇史は思う。

二人とも、人のまばらなレストランの窓際《まどぎわ》でテーブルの上の飲み物にも手をつけないまま、うつむいて考え込み、窓越《まどご》しの歩道を、塾帰りの玲子《れいこ》たちが通ったのに気づきもしなかった。しばらくの沈黙の後、舞子は顔をあげるときっぱりと言った。

「崇史、先生のところ、行こ」

「えっ」

「このままじゃ、しゅうが危ないわ。行こ」

　金八先生に話すのはしゅうに対する裏切りだろうか。しかし、崇史にもいまや迷いはなかった。しゅうとの約束を破《やぶ》ることになっても、しゅうが殺されるよりはずっといい。見て見ぬふりをすることこそ、友だちとしての裏切りではないだろうか。暮《く》れにしゅうが暴《ぼう》漢《かん》に襲《おそ》われたときの苦《にが》い記《き》憶《おく》がよみがえってくる。言われるままにしゅうのことを放《ほう》っておいて、またあんな思いをしたくはなかった。

　定刻通《ていこくどお》り帰宅した金八先生は家の中を落ち着きなく歩きまわっていた。結局、職員室で飲みに行く相手も見つからず帰宅した金八先生は、ついに〝青木さん〟と対面する運《はこ》びとなったのである。

「ねえ、少しは落ち着いたら?」

「落ち着いてますよ。完ぺきにお父ちゃんは落ち着いてます」

　強気に言い返した途端《とたん》に、玄関のチャイムが鳴って、金八先生は跳《と》び上がった。

「お父ちゃん、出て」

「いやだ!」

　ドアが勝手《かって》に開いて、ひょっこり顔をのぞかせたのは、塾の合宿に行ったはずの幸作だ。

好奇心に打ち勝てず、抜け出してきたらしい。

「なんだ、幸作か。どうした、合宿は?」

金八先生がほっと胸をなでおろしたのもつかの間、幸作はにこにこしながら、背後《はいご》に立っていた青年を招《まね》き入《い》れた。

「へへへ、おもてで会っちゃった。さぁ、どうぞ」

不意《ふい》をつかれてどぎまぎしている金八先生に、青木は丁寧《ていねい》に一礼《いちれい》した。誠実《せいじつ》な人柄《ひとがら》の感じられる眼差《まなざ》しに、金八先生も思わず礼を返した。

それからは、乙女のペースにのせられっぱなしだ。皆で食卓《しょくたく》を囲《かこ》み、乙女と青木が養護学校の生徒たちの話に花を咲かせるかたわらで、金八先生は無口《むくち》に酒を飲んでいたが、やがて、唐突《とうとつ》に質問を切り出した。

「青木さん、ひとつおたずねしてよろしいですか」

「はい、何でしょうか」

「ここにお見えになったのは仕事ですか? つまり、介護実習生《かいごじっしゅうせい》の私生活を観察して評価の資料にするとか」

「まさか」

突然の詰問調《きつもんちょう》の問いに、青木は思わず笑った。

「ごめんなさい、気にしないでください」

乙女があわてて取りなすのを無視して、金八先生は続けた。

「ということは、つまり、あなたは、乙女に対する個人的な関心でお見えになったというわけですな……イタッ」

金八先生の口調《くちょう》はまるでけんか腰だ。テーブルの下で乙女が金八先生の足を蹴飛《けと》ばしたらしい。青木の微笑《びしょう》が苦笑《くしょう》に変わった。

「ぼくはただ、乙女さんから聞く坂本先生があんまり素敵《すてき》なので、ぜひ一度お目にかかりたくて……それで坂本さんに無理を言ってお邪魔《じゃま》したんです」

それでは、朝の乙女の言葉は嘘《うそ》や口実《こうじつ》というわけでもなかったのか、と金八先生の気持ちは少しやわらいだ。乙女はいっそう警戒心《けいかいしん》を強め、なるべく金八先生を会話に入れないようにとしゃべりまくった。

「こんな父でよかったら、いつでも話し相手になってやってくださいね」

「こんな父で悪うござんしたね、こんな父で」

父と娘のやり取りを、青木は不思議そうに眺《なが》めていた。金八先生が新しい酒の瓶《びん》を取りに立った隙《すき》を見て、乙女は青木に頭を下《さ》げた。

「すみません。今日は変に青木さんのこと意識しちゃって、父が失礼《しつれい》なことといっぱい言って……恥《は》ずかしいです。いつもはあんなじゃないんですけど……」

消え入りそうな声で弁解する乙女を、青木は優しいまなざしで見つめていた。

「はじめてだよ、君のお父さんみたいな人」

「ごめんなさい……」

「人は、はじめてぼくを見るとき、まずこのアザを見るんだ。でも、君のお父さんは違ったな。まっすぐぼくの目を見てくれた」

乙女ははっとして青木の顔を見た。顔半分を覆《おお》っている赤アザはどうしても人の目をひく。今でこそ慣《な》れてしまったが、乙女も初めて青木に会ったとき、やはりそのアザをまじまじと見てしまい、ばつの悪い思いをしたのだった。金八先生は乙女のボーイフレンドとなると誰であろうが気にくわない様子で、何かにつけて青木の悪口ばかり言っていたが、アザに関してはひと言《こと》も言ったことがない。乙女はついさっきまで恥ずかしいと思っていた父親が、急に誇《ほこ》らしく思えてきた。

青木は〝アザのある人〟としてでなく、はじめからふつうの一青年として迎え入れられたことに、ひどく感動しているようだった。

金八先生がふたたび食卓《しょくたく》に戻り、酒をくみかわすうちに、いつの間にか、二人の間にも対話がすべりはじめた。しかし、乙女が青木の言葉に華《はな》やかな笑い声をあげたりすると、金八先生はとたんに無口になってしまう。二人の顔合わせは、なかなか乙女の思惑通《おもわくどお》りには運《はこ》ばなかった。

しばらくの団らんの後、青木は丁寧《ていねい》に礼を言って、坂本家をあとにした。乙女が途中まで送ると言って出て行き、幸作も青木の訪問に立ち会って満足したのか、合宿所へもどっていった。一人残った金八先生は、杯《さかずき》を片手に里美《さとみ》先生の遺影《いえい》に向かい、しみじみと娘の成長を報告した。

「あんたの娘が、今夜すてきな男性を連れてきましたよ……」

乙女にはなかなか素直に言えない言葉だった。青木を前にすると、どうしてもかたくなな態度をとってしまう自分を反省しながら、金八先生はこんなとき里美先生がいてくれたらと思わずにはいられなかった。けれども、金八先生の感傷《かんしょう》もすぐに訪問者を告《つ》げるチャイムの音でやぶられた。

ドアを開けると、崇史と舞子が白い息を吐きながら立っていた。

「よう、どうした。まあ、入れ」

珍しい組み合わせに驚きつつも、金八先生が二人を招《まね》き入れようとすると、舞子が泣きそうな顔で首を振《ふ》った。

「先生、来て。しゅうが大変なの」

しゅうの名を聞いて金八先生はどきりとした。三Bたちがしゅうを教室へ呼び戻して以来、しゅうは少しずつクラスになじんで、以前よりも笑顔が出るようになっていた。しかし、例の二人組のヤクザは依然《いぜん》として捕《つか》まってはおらず、安井病院で指摘されたしゅうの身体《からだ》の傷あとについてもはっきりしないまま、結局、しゅうの事件については何ひとつ解決せずに年を越していた。

以前、しゅうの傷について金八先生が問いただしたとき、光代はしらを切りとおしたが、目の前の崇史から虐待《ぎゃくたい》の実態《じったい》を聞いて、金八先生は愕然《がくぜん》とした。もはや、警察に届けるしかしゅうを救う道はないのかもしれない。金八先生は覚悟を決めて、上着《うわぎ》をはおった。

三人は夜の道をしゅうの家へと急いだ。しゅうの家が見えるあたりになって、金八先生は思いなおして、二人の生徒の顔を見た。

「やっぱり、きみたちは帰りなさい。何があったのか、しゅうのお母さんとじっくり話し合ってみるつもりだから。長くかかるだろうし、それにしゅうのためにも、きみたちはいないほうがいいだろう」

「でも……」

迷っている崇史の袖《そで》を舞子が引っ張った。

「崇史、帰ろ。明日朝、二人で先生のところに聞きに行こう」

しゅうが家に来られるのを嫌っていることを、二人はよく知っている。しゅうは家の場所さえ、ずっと隠していたのだから。二人は、祈るような気持ちで、しゅうの家の玄関へ向かう金八先生の背中を見送った。一階にも二階の窓にも灯《あか》りがともっているところを見ると、しゅうも母親も家にいるのだろう。二人は、耳をすませば部屋の中の声が聞こえでもするかのように、息をころしてその窓を見つめていたが、やがてどちらかともなく、来た道をゆっくりと引き返し始めた。

少し行ったところで、チンピラ風の男とすれ違った。舞子は無意識に道の端《はし》の方へ寄った。男はケータイを手に電話しながら歩いていて、中学生のカップルなど目に入っていない様子《ようす》だ。

「呼ぶまで待ってろ。この先か?」

すれ違いざまに、その会話の切れ端《きれはし》が耳に入り、舞子の背中を冷たいものが走りぬけた。振りむいて目をこらすと、暗《くら》がりに浮かび上がるその男に見覚《みおぼ》えがあるような気もする。以前、土手《どて》のところで見かけた二人組の風貌《ふうぼう》が、舞子の脳裏《のうり》にフラッシュバックした。あのとき、しゅうはひどくあわてた様子で、舞子の手を取って走り出したのだ。その後、しゅうを襲《おそ》ったというのも、あの二人組だったのではないか。ケータイの男がまっすぐにしゅうの家の方へ向かっているのを確かめると、舞子は急いで自分のポシェットの中のケータイを探《さぐ》った。


「丸山さん、ごめんください。桜中学の坂本です。いらっしゃいますか?」

金八先生の呼びかけに返事はなかった。家の中には灯《あか》りがともっている。金八先生はさらに大きな声で呼び続けた。

「夜分《やぶん》にすみません。桜中学の坂本です。丸山さん!」

ついに玄関の戸が少しだけ開いて、光代が迷惑《めいわく》そうな顔を半分のぞかせた。

「何ですか、こんな時間に」

「遅くにすみません。お母さんとしゅうくんにどうしても今夜お話ししたいことがございまして。ちょっとよろしいですか?」

「非常識《ひじょうしき》じゃないですか、こんな時間に」

光代が閉《し》めようとする戸に手をかけ、金八先生は無理やり中に入り込んだ。

「なんですか? 人のうちに勝手にあがりこんで。担任だからって、こんなことする権《けん》利《り》あるんですか」

光代の抗議《こうぎ》には耳を貸《か》さず、金八先生は居間《いま》のソファに腰《こし》をおろし、まっすぐに光代の顔を見た。しゅうが、二階からおりてきてそっと様子をうかがっている。

「前にもお話ししましたが、しゅう君の身体《からだ》に虐待《ぎゃくたい》を受け続けたと思われる傷跡《きずあと》が無数《むすう》にあります。今日、クラスメイトが偶然《ぐうぜん》、その現場を見たというのです」

「何の話でしょうか?」

光代は金八先生の顔をまともに見ようとはせず、しらを切りとおすつもりだ。

「クラスメイトが見たというのは、つまり、あなたがしゅうに激《はげ》しい暴行《ぼうこう》を加えた現場を、です」

黙《だま》って横を向く光代の代《か》わりに、しゅうが飛び出してきて答えた。

「あれはぼくが悪いことをしたから……。ただ、怒られていただけなんだ」

金八先生はしゅうの肩をそっと撫《な》でると、光代に対してさらに厳《きび》しい口調《くちょう》になった。

「しゅうくんの身体《からだ》の傷を見ても、この家の傷を見ても、何もなかったとは言えないでしょう？　お願いです。本当のことを話してください」

物を投げつけたのか、壁《かべ》には無数の傷と破《やぶ》れがある。もはや、嘘《うそ》の言《い》い訳《わけ》は通用しなかった。しかし、光代が口を開く前に、玄関の戸を荒々《あらあら》しく開ける音がした。

「母さんっ」

しゅうが恐怖《きょうふ》にひきつった叫《さけ》びをあげた。

土足《どそく》で上がりこんできたのは、しゅうに暴行を加えたチンピラの二人組、河合《かわい》と下部《しもべ》だった。しゅうはとっさに母親の腕をとって逃げ出そうとしたが、すぐに河合に首根っこをつかまれ、ひきずられた。

「よう、小僧《こぞう》。元気になったじゃないか」

「なんなの？　あなたたちは！」

気丈《きじょう》に言い返す光代の声も震《ふる》えている。

「おい、だんなは？」

そう言いながら、河合は光代を思いきり突き飛ばした。

「いるんだろ、どこだよっ」

「なんだね、きみたちは！　こんな時間に土足で人の家に！」

金八先生が怒鳴《どな》りつけたが、河合は鼻先《はなさき》で笑っただけだった。

「これは先生。ご無沙汰《ぶさた》してます。おいっ、だんなはどこだよっ」

河合は金八先生には構《かま》わず、光代に詰《つ》め寄《よ》った。しゅうはとっさに父親のいる二階の部屋へ走った。下部がその後を追う。

「どけ、ガキっ」

「いやだっ」

しゅうは部屋の入り口に盾《たて》となって立ちはだかったが、小柄《こがら》なしゅうなど、ケンカ慣《な》れした下部にしてみれば、ほんの子どもでしかない。それでも、戸口《とぐち》にまるまって、ゆく手をはばもうとするしゅうを下部は容赦《ようしゃ》なく蹴《け》り上《あ》げた。後を追ってきた金八先生はあわてしゅうをかばって、その体の上に覆《おお》いかぶさった。金八先生もまた、下部の暴力の下にはなすすべもない。

「ったく、うぜえな」

二階の廊下の奥で三人が団子状《だんごじょう》になって押し合いへし合いしている光景を目にした河合は、獣《けもの》のような叫びとともにあっけなく、扉《とびら》を蹴やぶった。

薄暗い部屋の片隅《かたすみ》に置かれたベッドには、栄輔《えいすけ》が放心《ほうしん》したように横たわっていた。金八先生は驚きのあまり、口がきけなかった。

「おい、丸山、探したぞ」

河合はまっすぐにベッドに行くと、栄輔を乱暴《らんぼう》に布団《ふとん》から引きずり出し、耳もとに怒鳴った。

「ヤクどこ隠《かく》した？　おいっ」

しかし、栄輔は意識があるのかないのか、目はぼんやり開いているものの、まったく無反応だ。河合が激しくゆさぶると、口元《くちもと》からよだれが糸をひいた。かっとなった河合は容《よう》赦《しゃ》なく、栄輔の腹にパンチをめりこませた。

「やめろっ」

しゅうが必死に河合の背中にとびつく。金八先生も止めに入ったが、たけり狂った河合に跳《は》ね飛《と》ばされた。さんざん打ちのめされて、栄輔は本当に意識を失ってしまったようだ。

「だめだ。部屋、探せっ」

河合と下部は、栄輔を床《ゆか》に放《ほう》り出《だ》し、そこらじゅうをひっくり返しはじめた。思ったように覚《かく》せい剤《ざい》が見つからないとなると、河合の怒りは光代に向けられた。河合は、栄輔の上にかがみこむ光代をひきはがし、腕をねじりあげた。

「どこに隠した?」

「なんのことですか」

「うちの組から持ち逃げしたシャブだよ」

「知りませんっ。主人は暴力団でもないのに、なんで持ち逃げできるの」

光代は激しく否定した。河合と光代のやりとりを目の前にして、しゅうと金八先生はその場に釘付《くぎづ》けになっていた。

「まとめて買うから安くしてくれって言ったろ。だから、こっちは上物《じょうもの》のシャブ用意してやったのに、金も払わずに持ち逃げするって、そりゃ、非常識ってもんでしょ、奥さんよっ」

光代は震《ふる》えながら、知らないの一点ばりだ。金八先生は嫌な予感がして、ベッドに横たわっている栄輔の寝巻《ねま》きの袖《そで》をそっとまくりあげた。薄明《うすあ》かりの中でも、腕の内側がどす黒く内出血《ないしゅっけつ》し、無数の注射の痕《あと》があるのがわかった。

「どこ隠したんだよ！」

下部が癇癪《かんしゃく》を起こして、椅子《いす》を窓に叩《たた》きつけた衝撃《しょうげき》に、河合が気をとられた一瞬の隙《すき》をついて、光代は部屋から走り出した。

「助けてっ、誰か、助けてえ！」

叫びながら、光代は階段を駆《か》け下《お》り、玄関の方へ突進《とっしん》したが、あっけなく下部につかまって、再び居間へ引きずり戻された。河合の怒りは頂点《ちょうてん》に達《たっ》し、狂ったように光代を殴《なぐ》りつける。しゅうは母親をかばおうと、無我夢中《むがむちゅう》で河合にかじりつき、振り払われると今度は光代の上に身を投げ出した。苛立《いらだ》った河合は突然、腹からドスを抜き出し、光代の顔の前に突き出した。

「めんどうくせえな。死にてえのか」

銀色の刃《は》が薄暗《うすぐら》い室内で鈍《にぶ》く反射した。

突然、金八先生が横から口を出した。

「いいかげんにしないかっ。その親子を殺したところで、クスリのありかはわからんよ。クスリのありかを知ってんのはこのおれだ。このおれが預《あず》かってんだよ！」

金八先生のとんでもない嘘《うそ》に、しゅうと光代はあっけにとられて、その口元を見守った。

河合はゆらりと振り向くと、あざ笑うように頬《ほお》をひきつらせた。

「あん？　おまえから殺すぞ」

「ああ、殺すなら殺せっ。教え子を殺されるところを目の前で見てるくらいなら、先に死んだほうがましだ。まったく、こんなつまらんことに人を巻き込みやがって！」

「つまらんことだとっ」

「ああ、そうだよ、おまえみたいなクズから殺されると思うとな。だがな、世の中にはな石にけつまずいて頭打って死んでいく人もいるんだ。それに比べりゃあな、教え子を守りながら死んでいけるなんざぁ教師の本懐《ほんかい》だっ」

金八先生は必死で河合の注意をひきつけようと早口《はやくち》にまくしたて、徐々《じょじょ》にしゅうから離れるように後《あと》ずさりしていった。河合は金八先生ににじり寄りながらひらひらとナイフをきらめかせるが、金八先生は黙《だま》るどころかいっそう途切《とぎ》れなくしゃべり続ける。

光代はその様子《ようす》をはらはらと見守りながら、いつのまにか立ち上がっていた。河合の右腕が大きく振られたのを、金八先生はすんでのところでかわした。光代が声にならない悲《ひ》鳴《めい》をあげた。

「おまえにだって、おっかさんがいるだろ。おっかさんはどんな気持ちでおまえを産《う》んだんだろうかね。まさか、こんなクズになるなんて思わずがんばって産んだんだろう。まったく気の毒な話だよ」

金八先生は半《なか》ばやけくそで語り続けるうちに、台所の端《はし》まで追いつめられていた。河合はふたたびナイフを振《ふ》りかざし、金八先生がもうダメだと思った瞬間《しゅんかん》、背後《はいご》から光代が河合に体当《たいあ》たりをした。不意《ふい》を食《く》らった河合はバランスを崩《くず》して、食卓《しょくたく》の上へ倒《たお》れこんだ。

「この野郎っ」

振り向いた河合の目から嘲笑《ちょうしょう》の色が消え、かわりに真剣《しんけん》な殺気《さっき》を帯《お》びてきた。ナイフを両手でしっかり構《かま》え、まっすぐに金八先生に向けてきたそのとき、玄関で声がした。

「丸山さん、千住東署《せんじゅひがししょ》の大森です。丸山さん」

このときほど金八先生は、大森巡査の声をなつかしく思ったことはない。

「大森くんっ、早く来てくれ！」

金八先生の声を合図《あいず》にどかどかと警官が踏み込んできた。河合と下部はあっさりかんねんしてナイフを捨てた。二人が連行《れんこう》されていく様子《ようす》を眺《なが》めながら、金八先生は腰が抜けたようになってしばらく身動《みうご》きできなかった。

いつの間にか、しゅうの自宅の周《まわ》りにはパトカーが待機《たいき》していた。土手《どて》の道で河合とすれ違った舞子が、崇史と相談してすぐに大森巡査に連絡したのだった。巡査はずっと気にかけていた二人組を捕《つか》まえることができて上機嫌《じょうきげん》だった。舞子と崇史は、巡査から金八先生としゅうが無事《ぶじ》なことを聞くと、ほっと胸をなでおろした。

しゅうは河合と光代のやりとりを目の当《まあ》たりにしてもなお、父親の無実《むじつ》を信じていた。母親よりもチンピラの河合の言うことのほうを信じる理由はない。あの二人組が捕《つか》まって、ようやく平穏《へいおん》な日々が訪《おとず》れるかもしれない。河合が何度も言っていた〝ヤクの持ち逃げ〟というのは何かの間違いで、父に着せられた濡《ぬ》れ衣《ぎぬ》なのだと、しゅうは無意識《むいしき》に自分を納得《なっとく》させていた。荒《あ》れ果《は》てた部屋で、ぶるぶるふるえる父親に布団《ふとん》をかけてやりながら、しゅうはなぜか幸福だった。

父親に飲み物を持ってきてやろうと階段をおりかけると、金八先生と光代がぼそぼそと話しているのが聞こえてきた。金八先生が頼んだのか、警官たちは一度外に出て待機しているようだ。パトカーの赤いライトが規則的に部屋の壁《かべ》を照《て》らしていた。しゅうは足音を消して、そっと階段に腰をおろし、耳をそばだてた。

「今後のことを、少しゆっくり話し合いましょうか」

「なんでしょう、今後のことって?」

「あなたとご主人が罪《つみ》を償《つぐな》うということです。ドラッグはどこにあるんですか。……私、見てしまったんです。ご主人の腕には注射の痕《あと》が無数《むすう》にありました」

「あれは点滴《てんてき》の痕《あと》です。ひどいいいがかりだわ」

しゅうは耳をふさいでしまいたかった。けれど、全身が金八先生と光代の対話《たいわ》に集中して身動きできない。点滴などしていないことは、一緒に暮らしているしゅうがいちばんよく知っていた。父親が発作《ほっさ》で暴《あば》れるときに母親がいつも打っていた痛み止めの注射というのが、河合たちが血眼《ちまなこ》になって探していた覚せい剤なのだ。それで、光代は自分がいるときにしゅうが父の部屋へ入るのを嫌っていたのだ……。

光代は嘘《うそ》をつき通そうと決めているようだった。金八先生の声が厳《きび》しくなった。

「あなたはどこまでしゅうを苦しめれば気がすむんですかっ。幼馴染《おさななじみ》みの生徒から聞きました。子どもの頃、あなたはしゅうの自慢の母親だった。ケーキを焼くのが上手《じょうず》で優しくて、本当に自慢の母親だった。ご主人の会社が倒産し、ご主人は大きなトラックの事故にあわれた。そのときご主人は麻薬《まやく》の中毒者だった。そして不自由な体になられた。大変だったですね……。二度目の母親として、どうしてもこの家庭を幸せにできないあなたは、そのいらだちをしゅうにぶつけた……もがいても、もがいても不幸になっていく自分への怒りが、しゅうへの暴力、そして虐待《ぎゃくたい》になってしまった……そうなんですね？」

光代の返事はない。

「でも、しゅうはそのことを誰にも言いませんでしたよ。なぜだかおわかりですか？ご主人の面倒《めんどう》を懸命《けんめい》に見続けるあなたに感謝しているんですよ。優しかった頃のあなたに、どうしても戻ってほしいんですよ。だからあの子はどんな暴力にも耐《た》えたんです。あなたのことが好きなんですよ」

「あの子は……私を憎んでいるんです」

あえぐような光代の言葉にかぶさって、金八先生の怒鳴《どな》り声《ごえ》が響《ひび》いた。

「いいえ、違うっ！　しゅうはあなたを愛しているんです！　わかってやってください、お母さん！」

もしも、光代が自分を憎んでいると答えたら……。しゅうはそのことがヤクザよりもクスリよりもこわかった。しかし、光代は何も言わなかった。

「あなたにはまだ優しさがある。私のために刃物《はもの》の前に身を投げ出してくれた。あの勇気には感謝しています。だから大丈夫《だいじょうぶ》です。自分を変えましょう。あの勇気と優しさがあれば、きっと自分を変えられます。……あなたは二度目の母親なんかじゃない。しゅうにとって、世界でたった一人のお母さんなんです。お願いします。しゅうを愛してやってください。もう一度しゅうを愛してやってください。お願いします」

金八先生は繰り返し、懇願《こんがん》した。光代が堰《せき》を切ったように泣き始めるのが聞こえた。母親はまだ自分をどこかで愛してくれているのだ。しゅうはほっとすると同時に、この家庭をぎりぎりのところで支えていた秘密の柱が、がらがらと音をたてて崩《くず》れていくのを感じた。しゅうは、台所へは行かず、そっと父の部屋へ戻った。枕《まくら》もとにひざまずいて呼びかけても、返事はない。父親にはどれくらい状況がわかっているのだろうか。しゅうは布団《ふとん》から突き出た手をにぎりしめ、その温《ぬく》もりにすがって泣いた。

金八先生の説得でついに嘘《うそ》を手放《てばな》した光代の顔は、穏《おだ》やかだった。疲労《ひろう》の濃《こ》くにじんだその横顔を見つめながら、金八先生は初めてことの全貌《ぜんぼう》を聞いたのだった。

栄輔は知人《ちじん》の保証人《ほしょうにん》になったことがきっかけで、自分の会社を失ったのだという。借金を返すため、どん底の生活の中でどうにか手に入れたトラックを、栄輔は寝る間も惜《お》しんで運転した。そして、その焦《あせ》りの中でヤクザにつけこまれた。クスリを打つと不思議なほど寝ずに運転ができる……。栄輔はいつのまにかクスリから抜け出せない身体《からだ》になっていた。ひどい事故を起こし、なんとか一命《いちめい》をとりとめたが、身体が思うようにならないうえ、覚せい剤の禁断症状《きんだんしょうじょう》に苦しむ栄輔を、光代は黙《だま》って見ていられなかったのだという。栄輔の存在を世間《せけん》からはできるだけ隠《かく》し、出口のない闇《やみ》の中で、光代は夫の介護《かいご》をする手で覚せい剤を注射し続けたのだった。

やがて、表のパトカーの横には救急隊の車も到着した。警官の立ち会いのもとで、光代の言うとおり、トラックの荷台の中からは相当量の覚せい剤が押収《おうしゅう》されていった。栄輔の部屋には救急隊員が入ってきて、車椅子《くるまいす》にぐにゃりとした栄輔の身体を乗せて運び出そうとした。ところが、少年がその手をにぎって離さない。救急隊員は困ったような顔で傍《かたわ》らに立つ金八先生の顔を見た。

「しゅう」

金八先生はしゅうの泣き顔に胸がつぶれる思いだったが、しっかりにぎられたその手をそっとほどいた。

「父さん！」

しゅうのそばを離れるとき、栄輔が言葉にならないうめき声を発し、その瞳《ひとみ》から涙がこぼれおちた。栄輔を乗せた救急車が走り出すと、しゅうは後を追って駆け出したが、車はあっけなく見えなくなってしまった。散《ち》り散《ぢ》りになる家族を、もはやしゅうはどうすることもできない。表には小さな人だかりができていた。光代は大森巡査に付き添われてパトカーに乗り込むとき、金八先生に深ぶかと頭を下《さ》げた。

「しゅうをよろしくお願いします」

金八先生もまた深く一礼した。

「母さん！」

しゅうの叫び声に、窓越《まどご》しに振り向いた光代は微笑《びしょう》をつくろうとしたが、うまくいかなかった。ひびの入ったその微笑を瞳《ひとみ》に焼きつける間もなく、光代を乗せたパトカーは走り去って行った。

しゅうは、荒れ果てた家にたった一人、取り残された。肩を落として黙り込んでいるしゅうは、いっそう小さく見える。

「しゅう……今日は先生の家に泊まるか？」

金八先生がそっと声をかけると、しゅうは小さく首を振った。見ると、父親に持たせようとしたのか、小さな写真たてをぎゅっと握りしめている。フレームの中で、幼いしゅうをはさみ、光代と栄輔が笑っていた。

「ここで、母さんを待ってる……」

ようやく聞き取れるほどの声でしゅうはそう答えた。

II　疑惑と憎悪の波紋

自宅七階のマンションベランダから飛び降りた崇史は奇跡的に命をとりとめたが、崇史が死のうとした事実は、金八先生をひどく打ちのめした。

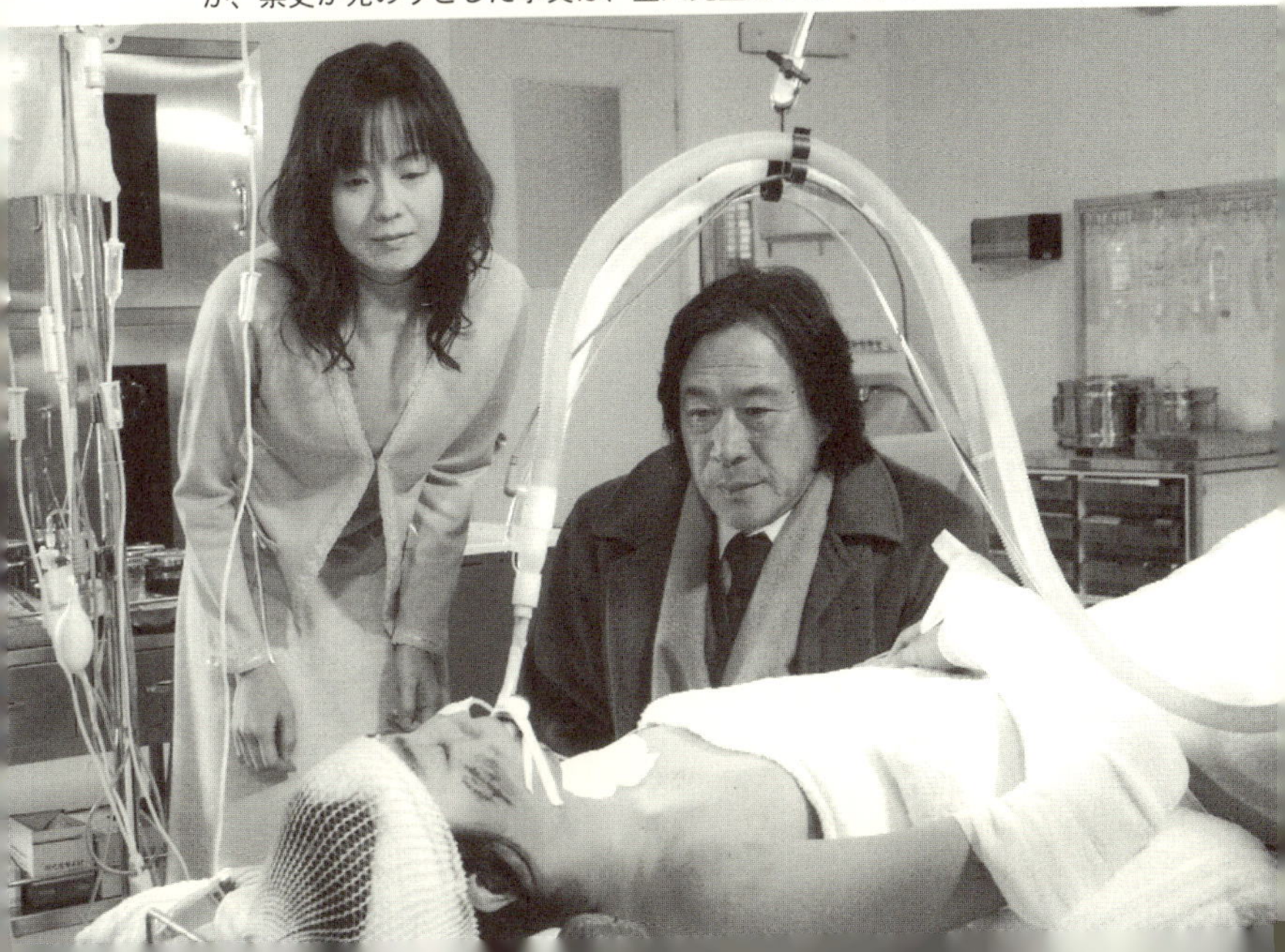

金八先生が帰ってからも、しゅうはなかなか寝つけなかった。しゅうは栄輔のベッドに寝転《ねころ》んで、以前のこと、これからのことを考えているうちに、明け方《あがた》ようやく眠りに落ちた。ひびの入った窓ガラスがひと晩《ばん》じゅう変な音をたてうなっていた。

翌朝早く、金八先生は乙女の手製《てせい》の弁当を手に、しゅうの家へ寄った。金八先生が外から呼びかける声でしゅうは目を覚《さ》ました。

「おはよう、しゅう。これ、朝めしと昼めしな。先生、これから補習があるんだけど、その前に、一緒《いっしょ》に部屋を片付《かたづ》けようや」

しゅうがかすかに微笑《びしょう》して頭を下《さ》げたのを見て、金八先生はほっとした。朝の光の中で二人は、黙々《もくもく》と作夜荒らされた部屋を片付けた。光代が事情聴取《じじょうちょうしゅ》を終えて帰ってくるまでとはいえ、この殺伐《さつばつ》とした家にしゅうを一人で置いておくのは心配だ。けれど、母親を待つというしゅうの決心は固く、金八先生はしゅうなりの愛情の表現を尊重《そんちょう》してやりたい気持ちとの間で揺《ゆ》れた。

「何かあったら、すぐに連絡しなさい」

金八先生の言葉に、しゅうはせいいっぱいのよそゆきの笑顔でこたえた。早く、一人になりたかった。けれど、金八先生が行ってしまうと、しゅうはすぐに足もとがゆらぐような孤独感《こどくかん》にさいなまれた。家の中はがらんとして、まるで時間が止まったかのようだ。しゅうは突然空《とつぜんから》っぽになった父親のベッドで、ただ茫然《ぼうぜん》としていた。

眠れなかったせいか、頭が重い。しゅうは、遠くでビー玉のこすれあう音を聞きながら、ぼんやりと昔のことを思っていたが、強い風の音にはっとわれにかえった。カチャン……カチャン……。夢うつつにビー玉だと思った音が、まだどこからか聞こえる。音はすき間風の吹き込んでくる窓のあたりからするようだ。不思議に思ってカーテンを持ち上げると、意外《いがい》に固《かた》い感触《かんしょく》があった。カーテンの裾《すそ》に何かが隠《かく》されている。さっきからカーテンが風に揺れるたび、その固いものが壁に当たって音をたてていたのだった。

よく見ると、カーテンの裾の袋状《ふくろじょう》になったところの一部だけ、縫《ぬ》い目《め》がほどかれていた。しゅうはそこから指を入れて、中に入っていた小さなビニール袋を引っ張り出し、あっと声をあげた。ビニール袋に入っていたのは、注射器と、さらに小さなビニール袋に小分《こわ》けされた白い粉だった。覚せい剤だと直感した次の瞬間、しゅうは毒が手につきでもしたかのように袋を放《ほう》り出《だ》した。

床《ゆか》に落ちた注射器に目をやったまま、しゅうは動けなかった。そこにあるわずかな白い粉が、父親を、母親を狂わせ、しゅうを苦しめたものの正体《しょうたい》なのだ。ふたたび手にするのもためらわれ、しゅうは袋を見つめたまま自分の鼓動《こどう》を聞いていた。ふいに、ポケットの携帯メールの着信音が鳴《な》り響《ひび》いた。

『会って話がしたい　崇史』

昨夜、機転《きてん》をきかせて警察に知らせたのは、崇史と舞子だったと金八先生から聞いた。あの人だかりの中に、崇史の姿もあったのかもしれないが、しゅうには覚えがない。それどころではなかったのだ。

しゅうは、昨日の午後、家の前で別れたときの崇史の心配そうな顔を思い浮かべた。崇史はずっと自分のことを心配しているに違いない。けれど、しゅうは不思議と崇史に同情を感じなかった。崇史が悪い……。自分の胸の中にそんなささやきが聞こえる。

生来《せいらい》の内気《うちき》な性格に、育ちのよさも手伝ってか、崇史は昔から強引《ごういん》に意見を押し通すようなことをしなかった。昨日もためらった後に、結局はしゅうの頼みを受け入れた。しぶしぶの約束であったにせよ、その日のうちに担任に言いつけたのが、しゅうには許しがたく思えた。

しゅうはいつもたった一人で崇史に寄《よ》り添《そ》ってきた。崇史が学校へ来られなくなったとき、担任に相談したりはせず、まっすぐに崇史のところへ行った。崇史が今も約束を守っていれば、母親も父親も警察に連れて行かれることはなかったかもしれない。また、あの二人組に追い回されただろうし、ケガをしたかもしれない。けれど、闇《やみ》の中を逃げ回りながらでも、両親の手をにぎっていられたはずだ。家庭の崩壊《ほうかい》の本当の原因は、もちろん崇史ではない。しかし、しゅうは、心の中に崇史への憎悪《ぞうお》が黒雲《くろくも》のようにひろがっていくのを、どうすることもできなかった。

その夜は、崇史にとっても眠れぬ夜だった。急な引っ越し準備で、家の中はダンボールでいっぱいだ。それを横目《よこめ》に出かけようとすると、母親の芳子《よしこ》はあからさまにため息をついた。夫も息子も、荷造《にづく》りなどしようともしない。自分だけが貧乏《びんぼう》くじをひかされているというのだ。芳子はひとりごとともつかないぐちを、ひっきりなしにこぼしていた。これまで聞いたこともなかった父親の悪口を聞かされるのが、崇史にはいたたまれなかった。最近では、人の変わった母親の顔を崇史はなるべく見ないようにしていた。

自室のベッドに寝転《ねころ》んでいると、泣きながらパトカーを見送っていたしゅうの顔が思い出された。崇史はしきりに寝返りをうった。

――さっき見たことは誰にも言わないでくれ、頼む、崇史。

翌日、崇史は補習授業を終えた金八先生を訪ねて、しゅうの様子《ようす》を聞いた。金八先生は、暗い表情の崇史を笑って励《はげ》ました。

「どうした?」

「しゅうはひとりで大丈夫でしょうか?」

「心配するな。あとで、先生が見てくるから」

金八先生はポンポンと崇史の背中《せなか》をたたいて言った。それ以上、崇史は何も聞けなかったが、心配はますますふくれあがった。今、このとき、しゅうはどうしているだろう。よかれと思ってしたこととはいえ、しゅうとの約束を破《やぶ》ったことを思うと気がとがめた。崇史は金八先生の〝あとで〟を待てずに、しゅうにメールを打ったのだった。

『いつもの場所で　しゅう』

しゅうからの返信を受け、すぐに崇史はしゅうと水切《みずき》りをして遊んだ岸辺《きしべ》の木へ向かった。しばらくして、自転車に乗ったしゅうがやってくると、崇史は思わず走り寄った。

「しゅう、大丈夫か?」

しゅうは黙《だま》って自転車をとめると、崇史をにらみつけた。敵意《てきい》のこもった視線に崇史は思わずたじろいだ。しゅうはいきなりくってかかった。

「誰にも言わないって約束しただろ?」

「でも、あのままでいたら、いつかきっとしゅうは殺されるよ」

「いいんだ、それで」

しゅうは乱暴に吐《は》き捨《す》てた。崇史はしゅうの怒りにとまどい、おろおろするばかりだ。

「僕たち家族のこと、何もわかってないくせに……。おまえのせいでみんなバラバラになっちゃったじゃないか」

「しゅう……」

崇史は今にも泣き出しそうな顔をしていた。疲れきったしゅうに、自分の悲しみをコントロールし、崇史を思いやる余裕《よゆう》はない。しゅうはやり場のない怒りを、目の前の崇史にぶつけた。

「裏切《うらぎ》り者《もの》!」

くるりと背をむけ、ふたたび自転車にまたがったしゅうに、崇史は必死で追いすがった。

「しゅう、待てよっ」

「おまえなんか、友だちじゃない」

しゅうは崇史にとどめの一撃《いちげき》を突《つ》き刺《さ》すと、その場に立ちつくす崇史をおいて、力いっぱいペダルをこいだ。崇史の打ちのめされた顔を見ても、しゅうの心は冷たく麻痺《まひ》していた。


崇史はそのまま家へは戻らずに、長いこと町をさまよっていた。しゅうを助けようとして、どうしようもなく傷つけてしまった自分が情けなかった。すべてにおいて、崇史は無力だった。どんなにあがいても、周りのものすべてが壊れていってしまう。家も、将来の夢も、仲のよい家族も、かけがえのない友人も、どんどん、指の間から滑《すべ》り落《お》ちていってしまう。日もすっかり落ちてから、崇史は足をひきずりながら、家に帰った。居間《いま》に入ると、積み上げられたダンボールの向こうから、母親のヒステリックな声が出迎《でむか》えた。

「どこ行ってたの？　引っ越しは来週なのよ。あなたの部屋、全然片付いてなかったから、もう詰《つ》めちゃったわよ」

ベッドとダンボール箱だけになった自分の部屋は、奇妙《きみょう》にだだっぴろく感じられた。カレンダーもポスターもはずされ、むき出しの白い壁に画鋲《がびょう》の跡が点々と残っている。芳子がパタパタとスリッパの音をたてて扉の前を通り過ぎざまに、吐《は》き捨《す》てた。

「そういうルーズなところ、お父さんにそっくりね。何考えてるんだか……」

崇史はベッドの端《はし》に腰をおろした。以前のように、母親の期待《きたい》に応《こた》えなければという気力はおきなかった。

――おまえなんか、友だちじゃない。

絶交を言い渡すしゅうの声が耳の奥にこびりついて離れない。きつく組んだ拳《こぶし》の上に涙がポタポタと落ちた。しゅうは暗い瞳《ひとみ》でにらみつけ、崇史にひと言の弁解《べんかい》の余地《よち》も与《あた》えずに去った。しゅうに会って謝ることができたなら……。けれど、何度考えても同じだった。自分はたった一人の友だちを裏切《うらぎ》ったのだ。しゅうはもう許してはくれないだろう。そう思うと、電話をかける勇気さえ消えてしまった。崇史はさんざん迷《まよ》った末《すえ》に、再びしゅうの携帯アドレスにメールを打った。

『しゅう、ごめん……。でもきみは僕の大事な友だちなんだ』

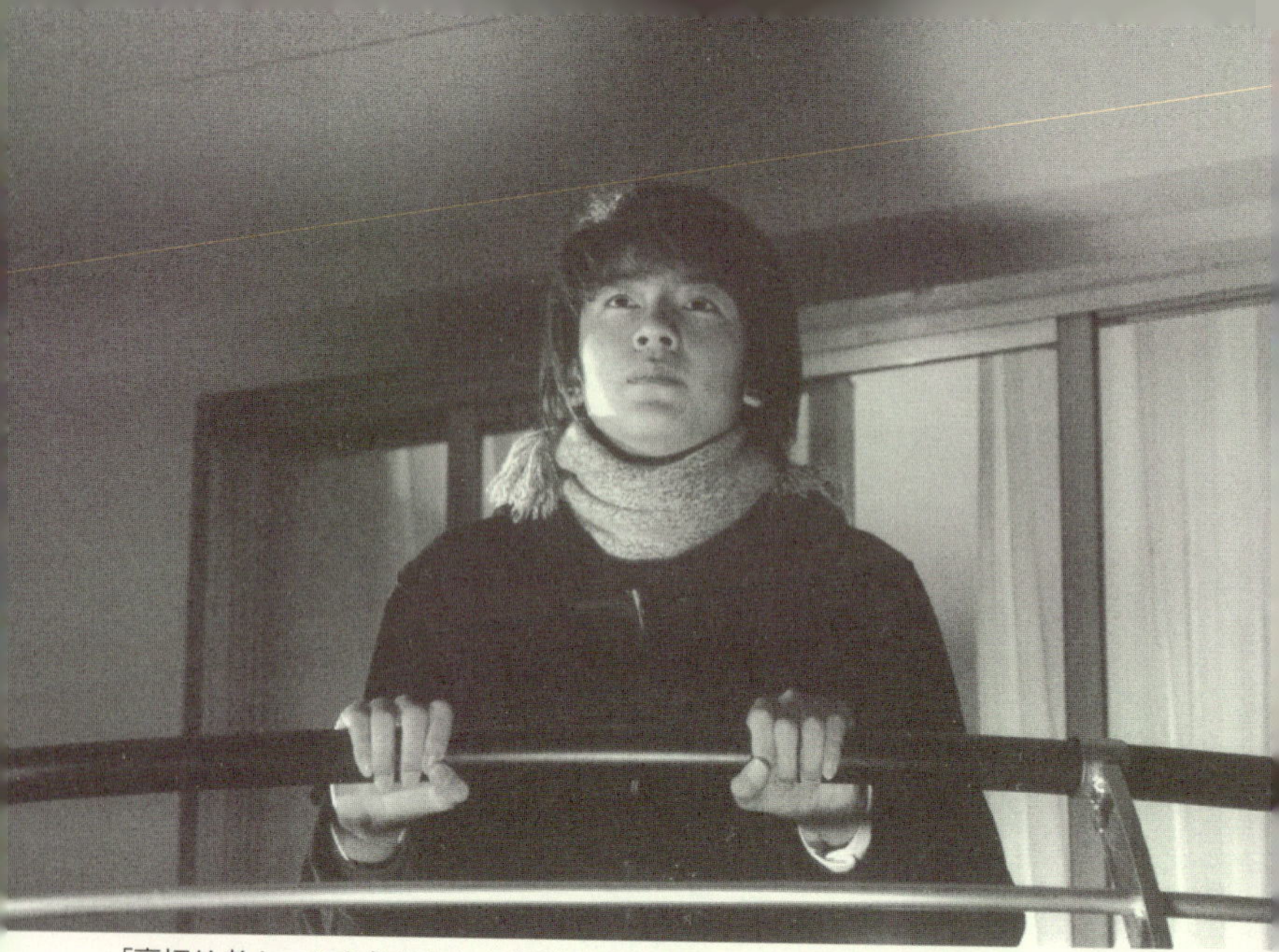

「裏切り者！　おまえなんか、友だちじゃない」、しゅうの声が耳にこびりついて離れない。崇史はふらふらとベランダに出た……。

画面に封筒の絵が現れ、回転しながら消えていった後も、崇史はしばらくケータイを見つめていた。案《あん》の定《じょう》、しゅうからの返信はなかった。

崇史はふらふらとベランダに出た。川のざわめきが立ちのぼってくる。高層マンションの壁をこするように吹きぬけていく風が、身体の芯《しん》を凍《こお》らせた。ぎりぎりまで手すりに寄って、下を覗《のぞ》き込《こ》むとさすがに足がふるえる。風の音が急にやんだような気がした。崇史はぎゅっと目をつぶり、体重を思いきり前にかけた。

崇史と別れて家に戻ったしゅうは、何も

する気にならず、結局、栄輔のベッドにもたれてぼんやりしていた。崇史に怒りをぶつけてみても気持ちが晴れるわけでもない。ほかに甘えられる相手もいない。再び崇史からの入ったメールが入ったとき、しゅうはわざとメールを開けなかった。少しだけ、崇史に仕《し》返《かえ》したつもりだった。

夜、金八先生は二人分の弁当を持ってやってきて、しゅうと一緒に食べた。夕方には、手作りの弁当を手にした舞子が、門の前で迷《まよ》って行《ゆ》きつ戻《もど》りつしていたのだが、しゅうはまったく気づかなかった。

金八先生は舞子の父親である稲葉弁護士に今後のことを相談した帰りだった。光代の拘《こう》留《りゅう》が思ったより長くなるかもしれないという。金八先生が懸命《けんめい》にしゅうの気分を明るくしようとしているのを感じて、しゅうはつとめて平静《へいせい》を装《よそお》い、素直《すなお》に返事をした。けれども、自宅を離れて金八先生の家に来ることだけはかたくなに拒《こば》んだ。金八先生はやはり無理強《むりじ》いはせず、その日もしゅうが寝支度《ねじたく》をすると家に帰った。明日から三学期が始まる。正月といっても休みらしい休みはなかったが、それでも新たな気持ちで授業の準備をすませ、ひと息ついたところで、けたたましく電話のベルが鳴った。

またしても驚愕《きょうがく》の知らせだった。

金八先生は再びコートをつかむと、夜の町を安井病院へ向かって走った。

翌朝、しゅうはいつもの時間にちゃんと登校した。土手《どて》の道を一人で歩いていると、舞子が走り寄ってきた。

「おはよう」

しゅうは黙って足をはやめたが、舞子は小走《こばし》りにしゅうの顔をのぞきこんだ。

「しゅう、ごはん、ちゃんと食べてるの?」

「先生が持ってきてくれるんだ」

無愛想《ぶあいそう》に答えると、舞子がふわっと安堵《あんど》の笑《え》みを浮かべた。よほど心配していたらしい。しゅうは胸の中に石のように固まっていた怒りが自然に溶《と》けていくのを感じた。そうすると、にわかに崇史のことが気になりはじめた。通学路には、遠目《とおめ》にもすぐにそれとわかる長身の崇史の姿がない。

三Bの教室は久しぶりに会えた嬉《うれ》しさもあって、いつも以上ににぎやかだった。後ろの方でサンビーズが派手《はで》に踊《おど》っており、その手拍子《てびょうし》やかけ声に負けじと、女子はおしゃべりのボリュームをあげた。話はつきず、チャイムが鳴っても席につくものはほとんどいない。

両隣りの教室はすでに静かになっていたが、金八先生はいっこうにやって来なかった。

「こら、チャイムはとっくに鳴っているぞ。早く席につかんか！」

ガラリと扉を開けるなり、怒鳴ったのは北先生だった。国井教頭《くにいきょうとう》も一緒《いっしょ》だ。ざわめく生徒たちを席《せき》に座《すわ》らせると、国井教頭は教卓《きょうたく》の前に立ち、緊張《きんちょう》した面持《おもも》ちで生徒たちを見《み》渡《わた》した。

「落ち着いて聞いてください。昨日の夕方、小塚《こづか》崇史君が自宅マンションの屋上《おくじょう》から飛《と》び降《お》りました」

「ウソ！」

悲鳴《ひめい》混《ま》じりの驚きの声があがった。ほんの三日前まで塾の講習で崇史と一緒だった者もいる。騒然《そうぜん》となる教室の中で、しゅうは目を見開いたまま凍《こお》りついていた。後ろの浩美《ひろみ》が立ち上がり、食い入るように国井教頭を見つめてたずねた。

「崇史、自殺したんですか。……死んじゃうんですか」

「崇史君は今、安井病院の集中治療室《しゅうちゅうちりょうしつ》で治療を受けています。かなり危険な状態だと聞いています。今、坂本先生が付き添っていらっしゃるから、皆さんは教室で待機《たいき》してください」

国井教頭の震《ふる》える声が、じゅうぶんに事《こと》の真実性《しんじつせい》を語っていた。とたんに教室は重く静まりかえった。幾人《いくにん》かのすすり泣く声がひびいて聞こえる。

「落ち着きなさい。いいですね、皆さんもくれぐれも軽率《けいそつ》な行動はつつしむこと。いいですねっ。この時間は自習とします」

教頭がそう言い終わらないうちに、しゅうは席を立ち、北先生が止めるのをふりきって、教室を駆け出していった。


崇史の母親の芳子に付き添って、集中治療室の前に座《すわ》っていた金八先生は、目の前に突然、しゅうが現《あらわ》れて驚いた。汗びっしょりのしゅうは、肩で息をしている。しゅうは、無言で集中治療室のガラスの扉《とびら》にはりついた。ベッドに寝かされた体は、包帯《ほうたい》で巻かれ、添《そ》え木《ぎ》で固定され、口には固定された人工呼吸器のほか、たくさんの管《くだ》がつながれている。包帯とテープに隠《かく》され、崇史の顔は三分の一ほどしか見えない。ろうのように白い頰《ほお》に大きく擦《す》ったような傷跡《きずあと》がある。

「崇史！」

思わずガラス戸《ど》を叩《たた》こうとするしゅうの手を、金八先生がそっとつかんだ。

「しゅう」

「先生、崇史は?」

しゅうは崇史から目を離さずに聞いた。金八先生の声は暗かった。

「うん……かなり危険な状態らしい」

「丸山君?」

声をかけられてはじめて、しゅうは芳子の存在に気づいた。小学生の頃はよく家に行《ゆ》き来《き》して遊んだが、芳子と顔をあわせるのは久しぶりだ。しゅうを見る芳子の目つきは鋭《するど》かった。

「あなた、崇史に何か言ったでしょ?」

芳子はとまどうしゅうの目の前に、崇史のケータイをつきつけた。

「これ、飛び降りる直前に、崇史があなたに送ったメールだわ」

送信済《そうしんず》みのボックスに入っていたのは、しゅうの知らないメッセージだった。

『しゅう、ごめん……。でもきみは僕の大事な友だちなんだ』

昨日、しゅうが崇史のメールをわざと無視したあの後、崇史は飛び降りたのだ。しゅうはその場にくずおれた。その肩を芳子が乱暴にゆする。

「言ったのね？　崇史に何を言ったのよっ。答えなさいっ」

「お母さん！　落ち着いて」

金八先生が割って入った隙《すき》に、しゅうは何も言わず駆《か》け出《だ》した。

「待ちなさいっ、しゅう！」

しゅうは振り返らずにめちゃくちゃに走った。
——崇史ヲコロシタ　オマエガコロシタ
耳の中で、自分を責《せ》める言葉がわんわんとこだました。しゅうは追われるように家へ帰り、父の部屋に入った。けれども、しゅうを待っていてくれるはずの父はもうここにはいない。おそるおそるケータイのメールボックスを開いてみると、そこには確かに崇史の悲痛なメッセージが入っていた。
「崇史は死んじゃうんですか……」

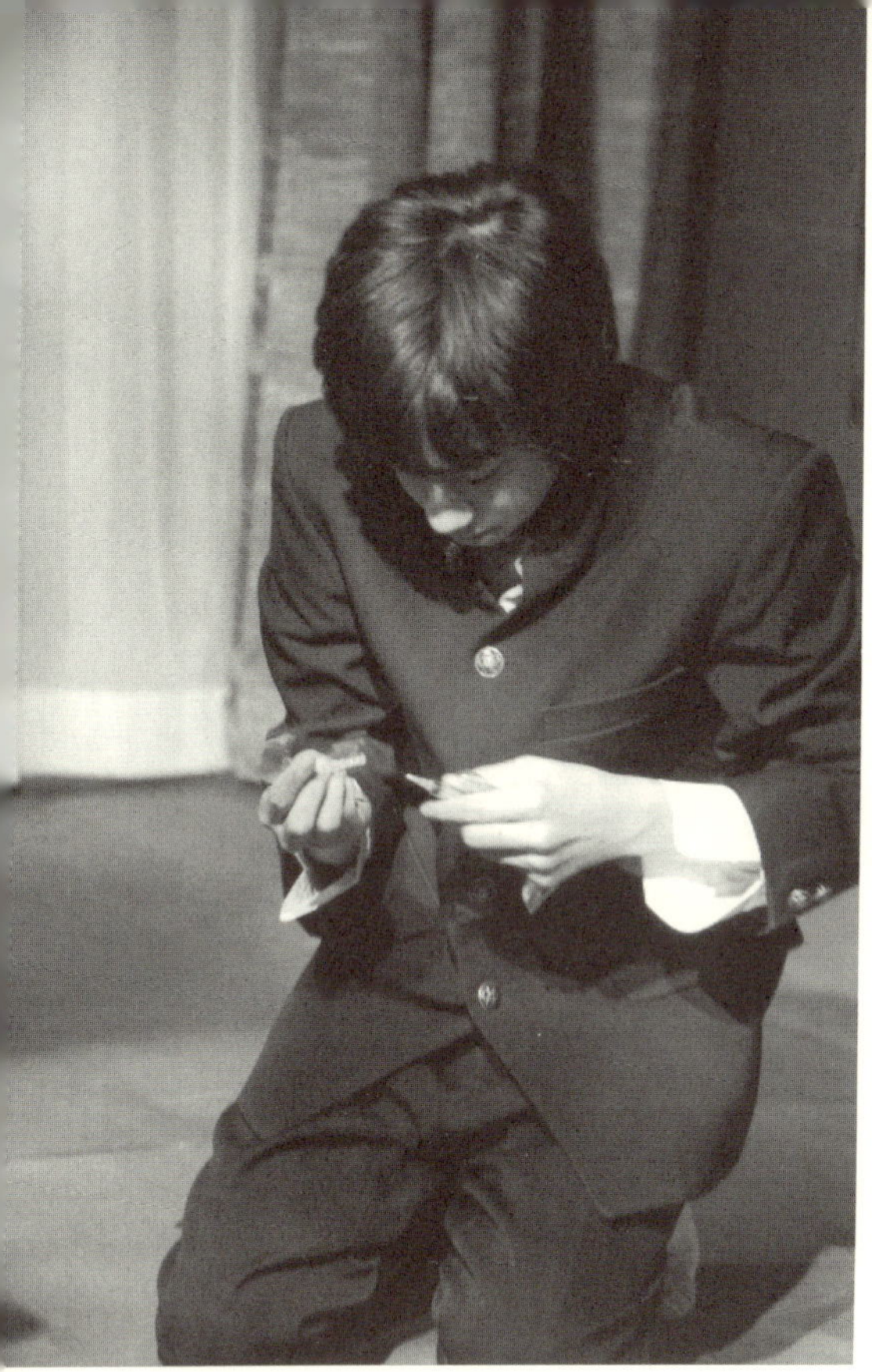

崇史の自殺にショックを受けたしゅう。ふと見ると、ベッドの足もとに白い粉と注射器の袋が！　これを打つと、何もかも忘れられるのだろうか……。

教室での浩美の声がよみがえる。崇史が永遠にいなくなってしまったら……。しゅうは声にならない叫び声をあげ、床《ゆか》に突《つ》っぷした。

そのとき、ベッドの足もとに落ちているビニール袋が目に飛び込んできた。しゅうが投げた注射器が落ちたままになっていたのだ。注射器と一緒に入っている白い粉。その粉で、なすすべもなく崩壊《ほうかい》していく世界の中心から抜け出すことができるだろうか。ふと、そんなことが頭をよぎり、しゅうはあわててその考えを振り払おうとした。

しかし、手はすでに袋をにぎりしめている。何度も汗で手をすべらせながら、しゅうは、ふるえる手で袋を開けた。そうすると、もうクスリを打ってみることだけに考えが集中した。心のどこかで、死んでもかまわないという声がした。そのときは崇史の近くに行くだけのことだ。母が父に〝痛み止め〟の注射を打ってやっていた様子《ようす》のかすかな記憶をたどり、しゅうは自分の腕の内側に注射針を突きたてた。

しゅうの去った後の三Bの教室では、北先生の監督のもとに自習ということになりはしたが、教科書を机にのせたまま、開いてみる者は誰もいなかった。いつもうるさい三Bたちが、ひそひそ話さえせず、うちしおれて座《すわ》っている。今、こうしている間に、崇史は死んでしまうのではないか……。教卓《きょうたく》の横に座っている北先生さえも落ち着かず、さっきから黙《だま》って手を何度も組み替えている。聞こえるのは、時どき誰かが洟《はな》をすすりあげる音だけだ。玲子《れいこ》がずっと舞子をにらみつけているが、うつむいている舞子は気づかない。ついに沈黙《ちんもく》に耐《た》え切《き》れなくなった玲子が口を開いた。

「舞子、崇史と何かあったでしょ?」

詰問調《きつもんちょう》の言葉は、しんとした教室に響《ひび》きわたり、皆がいっせいに二人を振り向いた。

「ないわ」

舞子が崇史とファミレスで話していたのを目撃していた玲子は、舞子が崇史の自殺について何か知っているのではないかと、舞子に激しくつめよった。

舞子が驚いて否定すると、玲子は立ち上がって、さらに激《はげ》しく詰《つ》め寄《よ》った。

「とぼけないで！　あんたと崇史がファミレスでひそひそやってんの、見たんだからね」

舞子ははっとした。しゅうのことを相談していたのを、玲子が見ていたのだ。玲子と浩美が崇史に恋しているのは、三Bの中では周知《しゅうち》の事実だった。玲子の刺《さ》すような瞳《ひとみ》は、明らかに新たな恋敵《こいがたき》の出現《しゅつげん》を意識していた。玲子の誤解《ごかい》を解《と》きたかったが、正直に言えば、しゅうのことを話さなければならなくなる。舞子が口をつぐむと、玲子はいきり立って、つかみかかろうとした。

「何があったのよっ！　言いなさいよ！」

周りの者がなんとか玲子を押さえ、舞子から引きはなすと、玲子はわっと泣き出した。玲子の神経のたかぶりは、周りに伝染《でんせん》しかねない。北先生は仕方なく玲子を保健室へ連れていかせた。ぽっかり空《あ》いた玲子の席の横で、舞子はクラスメイトの疑惑《ぎわく》の視線《しせん》に耐《た》えていた。

金八先生は安井病院を出ると、すぐにしゅうの家へ向かった。病院からただならぬ様子で飛び出していったしゅうが心配だった。

「しゅう、先生だ。開けてくれないか。しゅう、いるんだろ？　しゅう！」

金八先生は玄関の戸をこぶしで叩《たた》いた。

「しゅう、ちょっと話がしたいんだ。開けてくれよ」

家の中で足音がして、しゅうが戸を開けた。

「大丈夫か、しゅう」

「はい」

思いのほか、はっきりとした声でしゅうが答えた。さっき、病院ではパニック状態に見えたのに、奇妙《きみょう》なほど落ち着いている。

「ちょっといいか？」

金八先生はほっとして、中へ入ろうとしたが、しゅうが戸をがっちりと押さえていて、隙間《すきま》をそれ以上あけようとしない。

「どうした？」

「帰ってください。今は話したくありません」

しゅうは金八先生の目をまっすぐに見て、きっぱりと言った。いつもは上目《うわめ》づかいにぼそっと返事をするしゅうとは、別人のようだ。金八先生はなんとなく違和感《いわかん》を覚えたが、それでもしゅうが案外《あんがい》にしっかりしているのにほっとして、学校へ帰ることにした。崇史の事件では、三Bたちもきっとひどくショックを受けているだろうからだ。

「そうか。わかった。じゃ、先生、学校へ行くわ。また、夕方にでも晩飯《ばんめし》を持って来るからね。何かあったら学校に連絡するんだよ。いいね？」

「はい」

「うん。じゃあな」

戸が閉まると、内側から鍵のかかる音がした。しゅうの声がこころなしか弾《はず》んでいたのを奇異《きい》に思いつつも、金八先生は先を急いだ。

職員室へ入るや否《いな》や、金八先生はいっせいに質問の矢を浴《あ》びせられた。金八先生は、芳子と安井院長から聞いた暗いニュースを伝えなければならなかった。

「まだ意識が回復しません……奇跡的に軽い骨折が数カ所とかすり傷なんですが、頭を強く打っているようで……危険な状態が続いています」

教師たちはそろってため息をついた。七階のベランダから飛び降りたら、即死《そくし》が普通だ。不幸中《ふこうちゅう》の幸《さいわ》いで、崇史は地面《じめん》までいっきに転落《てんらく》したのではなく、途中、駐車場の落下防止《らっかぼうし》ネットにバウンドして落ちたらしい。即死は免《まぬか》れたが、崇史が死のうとしたという事実はじゅうぶんに金八先生を打ちのめした。

「それで飛び降りた理由は何ですか?」

「わかりません。遺書《いしょ》なども見つかってませんし……。ただ、父親の会社が倒産して家を引っ越すことになったようです。飛び降りる前日には母親が志望校の開栄をあきらめるように本人に話したそうです」

「それが理由かもしれんな」

受験指導に熱心な北先生が、大きくうなずく。

「入試直前になって志望校をあきらめなくてはいけないというのは、受験生にとっちゃかなりつらい出来事ですよ。……特にあの子はできましたからね」

「はい……」

金八先生はあいづちをうったが、頭からは崇史のメールが離れなかった。それを見たときのしゅうの動転《どうてん》した様子《ようす》から言って、前日にしゅうとの間に何かあったに違いない。

他の教師たちは、崇史の容態《ようだい》もだが、他の生徒たちへの影響を心配していた。受験前でただでさえナーバスになっている時期である。すでに、三Bからは玲子が早退《そうたい》していた。

「後追《あとお》い自殺とかないといいけどねえ」

理科の遠藤先生がつぶやくと、三年の担任を持つ北先生と乾先生は、とたんにそわそわして職員室を飛び出していった。金八先生は国井教頭にそっと合図《あいず》して校長室に入ると、しゅうの家の出来事《できごと》を報告した。しゅうの両親がドラッグで逮捕《たいほ》されたと聞いて、国井教頭は跳《と》び上《あ》がるほど驚き、さらにしゅうが一人で自宅にいると聞いて、あきれ顔で金八先生をにらんだ。

「弁護士の稲葉さんが保釈金《ほしゃくきん》を貸してくれるそうなんで、しばらくすれば帰宅できるようなんです。それでしゅうはどうしても母親を自宅で待つと」

「坂本先生は小塚崇史の件でそれどころじゃないでしょっ。まったく、よくもまあ次から次と……一体どうなってんですか、三Bは！」

国井教頭はヒステリックに怒鳴《どな》りつけた。自宅療養中《じたくりょうようちゅう》の千田《せんだ》校長が聞いたら、何と言うだろうか。校長代理としての国井教頭の面子《めんつ》は丸つぶれだ。国井教頭の機嫌《きげん》はちょっとやそっとでは直《なお》りそうになかった。金八先生はひたすら頭を下《さ》げ、自分が責任を持って面《めん》倒《どう》を見るから、と約束した。

金八先生を待つ三Bの教室は、気味《きみ》が悪いほど静かだった。金八先生が教壇《きょうだん》に立つと、三Bたちは、その口元《くちもと》をじっと見つめた。

「昨日……崇史がマンションの屋上から飛び降りたということは聞いていますね？」

「崇史はなんでそんなことをしたんですか？」

「理由はわかりません……わかっているのは崇史が奇跡的に生きているということ。そして……とても危険な状態だということです」

「崇史、死んじゃうんですか？　先生」

康二郎《こうじろう》が身を乗り出した。浩美が肩をふるわせて泣きはじめた。見ると、金八先生をじっと見つめる目のいくつもがすでに赤かった。

「君たちがショックを受けてるのはよくわかります。先生だって三〇年教師をしてきて、こんなショックなことはありません。だけどね、ちょっと落ち着いて考えてください。今、私たちが動揺《どうよう》して泣いたり騒《さわ》いだりして、一体それが崇史のために何か役に立つだろうか? ね、何もなりゃしないんだよ」

「じゃ、私たちどうすればいいんですかっ?」

奈穂佳《なおか》に叫ぶように聞かれ、金八先生は答えにつまった。

「……残念ながら私たちにはどうすることもできない……もし、たったひとつだけできることがあるとしたら、それは崇史のために祈ってやることです。崇史がなんとか命をとりとめて、またこの教室に戻ってきてくれることを祈るんです」

金八先生は空《から》っぽの崇史の机を見ていた目をぱっと伏《ふ》せ、こみあげてきた涙を無理やりのみこんだ。

「……それが今、生死《せいし》の境《さかい》でさまよっている崇史のためにできるたったひとつのことです。だからみんな祈ってください。神様でも仏様でもいい、太陽にでも月にでもいい、きみたちの心の中にある誰かにでもいい……どうか、祈ってください。崇史が死なないように。生き続けることができるように。お願いします。どうか祈ってください」

真剣な表情で、教室に残った三Bたちは一心《いっしん》に崇史の無事《ぶじ》を祈った。

その後、しゅうのカバンを持って職員室へ向かっていた金八先生は、追いかけてきた舞子に呼び止められた。

「先生……しゅうは?」

金八先生は舞子を安心させるように微笑《ほほえ》んだ。

「今日は家に帰った。でも大丈夫だ。さっき様子《ようす》見てきたけど、落ち着いていたから」

「そうですか……」

「心配しなくていいよ。あいつがしっかりしているのをいちばんよく知っているのは、舞子じゃないか」

金八先生は元気のない舞子をそう言ってはげました。金八先生が知っているのは、以前とは違う、心を閉《と》ざしてしまってからのしゅうだ。舞子はもの言いたげな瞳《ひとみ》を向けたが、会釈《えしゃく》して教室へ戻っていった。

その頃、しゅうは幸福な夢を見ていた。家で誕生会をしてもらった、幼いころの写真を見つめていると、ハッピーバースデーの歌声が聞こえてくるのだ。父と母の声、友だちの声が、しゅうを祝福《しゅくふく》しながら耳もとで歌っている。しゅうは嬉《うれ》しくなって、昔のアルバムを引っ張り出した。開いてみると、一枚の写真がかすかに斜《なな》めに貼られているのが気になり、そっとはがしてまっすぐに貼りなおした。すると、隣りの写真がしっくり来ない。隣のものも貼りなおしたが、ますます落ち着かない気持ちになる。しゅうは、憑《つ》かれたように何度も何度も写真をはがしては貼りなおした。しゅうが、アルバムと格闘《かくとう》していると、下で玄関の戸が開けられる音がした。しゅうはハッとして、床《ゆか》に置いてあった注射器と白い粉の入ったビニール袋をポケットにねじこんだ。

まっすぐに二階へ上がってきたのは、数人の白い手袋をはめた捜査員と光代だった。光代の手にかけられた手錠《てじょう》が、拘留《こうりゅう》が長びくことを物語っている。刑事は、しゅうの顔を見ると、やわらかい声で言い聞かせた。

「しゅうくんだね？　これからこの家の捜索《そうさく》をするからね。君は外に出て待っていてください」

光代は部屋から出て行くしゅうを追いかけようとして、刑事に押し戻された。

「それで、どこに隠《かく》したんだ？」

「いつもは、そのカーテンの左端《ひだりはし》に……」

捜査員の一人がカーテンの裾《すそ》に手をつっこみ、中から白い粉の入った小さなビニール袋を取り出した。

「パケが二つ。これで全部か？」

光代は一瞬顔色を変え、しゅうの出て行った扉《とびら》を振り返ったが、すぐに返事をした。

「はい、そうです」

家の中の捜索《そうさく》は夕暮《ゆうぐ》れまでかかった。しゅうは外に止めてあるパトカーの中で捜索《そうさく》が終わるのを待っていた。その間、しゅうは、時々ポケットの上から注射器の感触《かんしょく》を確かめていた。夕焼けが奇妙にどぎつく見え、風の音が耳もとでうるさいくらいだった。

帰《かえ》り際《ぎわ》、しゅうとすれ違うほんの一瞬に、光代はやっとしゅうに声をかけることができた。

「しゅう、ごはん、食べてる？」

しゅうは立ち止まり、昔のようにまっすぐに自分に注《そそ》がれる光代のまなざしを受け止めた。

「しゅう……今までごめんね。母さん、一からやりなおすから。母さんのこと、許《ゆる》してね」

しゅうはただこっくりとうなずいた。

「……それから」

光代が声を落とし真剣な表情になったとき、しゅうはどきりとした。しかし、しゅうが次の言葉を聞く前に、光代は刑事に促《うなが》されパトカーへ乗り込んだ。しゅうは、ほっとして、暗い家の中へ戻った。

その日の臨時《りんじ》職員会議《しょくいんかいぎ》は長《なが》びいた。教師たちはローテーションをくんで、崇史のそばにつくことになった。悲痛なニュースはまたたくまに全校に広まり、気分が悪いといって保健室へ来た生徒も多かった。

「今回のような場合、ウェルテル効果といって、後追《あとお》いをするケースも起こり得ます。カウンセリングが大事ですので、何か様子がおかしい子がいましたら、すぐに連れてきてください」

養護の本田先生の言葉は教師たちの胸にずしりと重かった。学校は崇史の容態《ようだい》だけでなく、生徒たち全員の精神面、それからＰＴＡや地区協議会《ちくきょうぎかい》への説明、マスコミへの対応も考えなければならない。金八先生は皆の協力に感謝して、ひたすら頭を下《さ》げた。崇史の件についての話し合いがだいだい終わり、金八先生がもう一件、しゅうの家のことを報告しはじめると、それまでてきぱきと会議の舵《かじ》をとってきた北先生が、頭をかかえこんだ。

「坂本先生、飛び降り自殺に覚せい剤ですかっ！　よりによってこんな大事なときに。これじゃあ、桜中学だというだけで、受験先に悪い印象を与えかねませんよ！」

声を荒げる北先生に、金八先生はただ謝るしかない。国井教頭は不機嫌《ふきげん》な顔でその様子を眺《なが》め、いつもは助け船を出してくれる乾先生も苦虫《にがむし》をかみつぶしたような顔で黙《だま》っていた。やっと北先生をさえぎったのは、遠藤先生だった。

「三年の受験問題だけではないのですから。とにかく、今は生徒を動揺《どうよう》させないことだけが先決《せんけつ》なんじゃありませんか！」

ライダー小田切《おだぎり》や花子先生もうなずいている。

「丸山しゅうの件については伏せておいたらどうでしょう？　変な噂《うわさ》が一人歩きして子どもが傷つくこともありますし」

しかし、花子先生の提案に金八先生は首を横に振った。

「いや、しゅうはこの件についてはちゃんと自分で把握《はあく》しています。私は、真実を子どもたちに話してやるべきだと思います。変に隠したりすると、どこかで耳に入ったとき、何が真実なのかわからなくなってしまいますし、噂が暴《あば》れ出《だ》しかねません。それに、隠していたわれわれに対しても不信感を持つことになるのではないでしょうか」

金八先生の言うことは正論《せいろん》だった。乾先生と本田先生はすぐに賛成したが、教頭は眉《まゆ》をしかめた。

「しかし、憶測《おくそく》が憶測を呼《よ》んで、むやみに混乱を与えるということも考えられますよ。妙な噂が広がって、それこそ収拾《しゅうしゅう》がつかなくなる可能性も……」

教頭が嘆《なげ》くのをさえぎって、遠藤先生が突然《とつぜん》たずねた。

「あの、しゅうの家のことと崇史の飛び降りって関連があるんですかね？」

「関連？」

「小塚の家も暮《く》れにドラッグの事件を起こしてますよね。それにあの二人は仲が良かったから……」

他の教師たちがぎょっとした顔で金八先生を見つめた。

「関係があるんですか、ないんですか？」

しかし、金八先生は歯切《はぎ》れのよい返事をすることができない。

「ほらごらんなさい。教師の私たちですら、こういうことになるんですよ！」

国井教頭の口調《くちょう》は厳《きび》しい。金八先生は唇《くちびる》をかんで聞いていたが、意見をひるがえす気にはなれない。事件が起きてしまった以上、これ以外の方法はないと確信している金八先生は、立ち上がると同僚にもう一度頭を下《さ》げた。

「子どもたちには、この問題を乗り越えていく力があると思うのです。どうぞ、先生方、よろしくご協力のほどをお願いします」

乾先生が黙《だま》って、金八先生の肩をたたいた。


昨夜は一睡《いっすい》もしていない金八先生だが、長い一日はなかなか終わらない。乙女は手づくりの弁当と寝巻《ねま》きの入った袋を下げて、教え子の家へ向かう父親の疲れた後ろ姿を心配そうに見送った。幸作もいつの間にか横に立って、一緒に金八先生の背中を見ていた。

「強がってるけど、ありゃ参《まい》ってるね、かなり」

「そりゃそうよ。長い教師生活で初めてだよ、生徒の自殺なんて」

「助かってくれるといいんだけどね……」

二人は祈る思いで、どちらからともなく母親の遺影《いえい》の前へ行き、手を合わせた。

しゅうの家の前には、白い半コートをきた少女が寒そうに肩を縮《ちぢ》めて立っていた。舞子だった。しゅうに作ってきた弁当を渡そうかどうか、迷っていたのだ。舞子が手に花模様《はなもよう》のハンカチの包みを持っているのを見て、金八先生はさっと乙女が作った弁当を隠《かく》した。

「ああ、作ってきてくれんだ……しゅう、喜ぶぞ。舞子の弁当」

「じゃ、渡して」

「自分で渡せよ、ほら」

金八先生は舞子と並んで玄関のチャイムを鳴らした。

「しゅう、先生来たぞ」

扉を開けたしゅうは、舞子の姿を見て目を大きく見開いた。

「舞子が弁当作ってきてくれたんだぞ」

金八先生にひじでつつかれ、しゅうはようやく口を開いた。

「ありがとう」

「うん、じゃ、塾があるから、また明日」

舞子はにっこり笑うと、トントンと軽い足音で飛び石の上を歩いて戻っていった。

「気をつけてな」

金八先生は揺《ゆ》れる長いポニーテールに声をかけて、しゅうと一緒に家へ入った。今晩は、乾先生が崇史のそばについているはずだ。金八先生はしゅうの家に泊まるつもりだ。

舞子の作った弁当は色とりどりで華《はな》やかだった。しかし、しゅうはほとんど箸《はし》をつけなかった。

「なんだ……食欲《しょくよく》ないか？」

食卓《しょくたく》に向き合ってついた金八先生は、乙女の作った弁当を食べながら、しゅうの顔をのぞくと、しゅうは答えずにコップの水を飲み干した。

「そうか……」

両親が逮捕された直後に親友の飛び降りが続いたのでは、食欲もないだろうと金八先生は思った。

「なあ、しゅう。崇史と何があったのか、先生に話してくれないかな？　……先生、崇史がきみに送ったメール、見ちゃったんだよ」

金八先生がそっと切り出すと、しゅうは席を立って流し場へ行き、水音を大きくたててコップに水を注《そそ》ぎ足《た》した。その水道の音がしゅうの拒絶《きょぜつ》の返事だった。

「そうか。先生、待つから。いつかしゅうが、崇史と何があったか話してくれるの」

しゅうは水ばかり飲んでいる。金八先生がいろいろな話題をふっても、しゅうは終始無口《しゅうしむくち》で、なんとなく落ち着かなかった。金八先生は、進路のことも心配していた。暮《く》れの面談を欠席したまま、こんな事態になってしまったので、しゅうの母親とは結局しゅうの進路について何も話していなかった。都立の推薦入試《すいせんにゅうし》の願書《がんしょ》提出日が迫《せま》っている。金八先生は緑山《みどりやま》高校の推薦入試を受けてみることをしゅうにすすめた。

「こういう場合、しゅうなら特別に面会が許されるらしい。どうだろう、一度お母さんに相談してみたら?」

けれども、しゅうは首を横に振った。

「そうか……」

金八先生は残念がって、ため息をついた。緑山高校はしゅうの成績ならば、十分な見込《みこ》みがあるはずだった。

翌朝、しゅうが起き出したときには、金八先生はもういなかった。食卓《しょくたく》の上には金八先生の作った朝食と手紙が置いてあった。

《おはよう、しゅう。先生は学校へ行く前に崇史のところへ寄るから先に出ます。無理しなくていいから、その気になったら学校へ来い。食欲がなかったら、りんごだけでもいい。何か食べなさい。　坂本金八》

昨夜の本田先生の予測《よそく》は的中《てきちゅう》し、朝から職員室には欠席を告げ《つ》る電話が鳴《な》り止《や》まなかった。いつも人一倍元気で皆勤《かいきん》だった雄子《ゆうこ》も、崇史のことがショックで、昨日帰宅してから部屋に閉じこもりきりだという。信子《のぶこ》も麻子《あさこ》も同様の連絡が入った。さらに、夜回り隊の遠藤先生が、悪いニュースを持って入ってきた。町では、しゅうの家の事件がすでに大きく噂《うわさ》されているというのである。もはや、伏せておくのは無理だった。

「変な噂になる前に、今日にでも生徒たちには話しておきましょう」

金八先生たちは教室へ行く前に、そう話しあった。

三Bの教室はしゅうの噂ですでに持ちきりだ。町の噂話のキーステーションのひとつであるさくら食堂の一人娘の比呂《ひろ》は、店を手伝いながら得た情報を得意げにひけらかしていた。刺激的な話題に、いつもは踊りに夢中のサンビーズたちも比呂の周りに群《むら》がってくる。

比呂の声はますます大きくなった。

「……しゅうの家にパトカーが止まってさ。ほら、前にうちの店に来たヤクザが捕《つか》まったんだって」

「やっべえじゃん、しゅうの親父《おやじ》ヤクザだったのか」

「で、そのおじさんが言うにはさあ、崇史もしゅうとドラッグやってたんじゃないかって」

「えーっ、ほんと?」

みなが驚きの声をあげる。後ろの席で、怒りにふるえながら聞いていた舞子が、ついに席を立って、比呂の前へつかつかと歩み出ると、机をたたいて怒鳴《どな》った。

「いいかげんなこと言わないで! そんなわけないでしょ。しゅうのお父さんはそんな人じゃないし、崇史だって……」

いつもの舞子らしくない怒り方が、逆に直明《なおあき》の好奇心をひきつけた。

「舞子、おまえ何か知ってんの?」

「そういえば、昨日、おまえと崇史がファミレスで話してんの、玲子が見たって言ってたよな」

仲太郎が言うと、みなの目はいっせいに舞子に向いた。舞子が困《こま》って口をつぐんだ一《いっ》瞬《しゅん》をついて、玲子が意地悪《いじわる》く舞子に詰《つ》め寄《よ》った。

「舞子、あんたが売人《ばいにん》やってんじゃない?」

「玲子、言っていいことと悪いことがあるだろ」

康二郎の抗議《こうぎ》を、玲子は憎《にく》らしそうにはねつけた。

「何よ、あんただって舞子のうわっつらにだまされてんのよ!」

「なんだとっ」

茶化《ちゃか》されてかっとなった康二郎と、それを止めようとした淳《じゅん》で取っ組み合いが始まる。騒然《そうぜん》となった教室に、金八先生が飛び込んできた。

「おまえら、何さわいでんだ! 席につきなさいっ」

みなが席につき、金八先生が騒ぎの理由を尋ねると、みなはいっせいに話しはじめた。

「先生、しゅうの両親がドラッグで逮捕《たいほ》されたって本当ですか?」

「しゅうの父ちゃんはヤクザなんでしょ、先生?」

「この人たち、さっきからしゅうと崇史がドラッグやってるとか、舞子が売人だとか言

いたいこと言ってるんです」

教頭が噂の一人歩きを心配していたが、それにしても突拍子《とっぴょうし》もない展開に金八先生は唖然《あぜん》となった。玲子がきつい口調《くちょう》で決めつける。

「崇史が飛び降りたのはしゅうのせいよ」

「いいかげんなこと言わないでよっ。しゅうはそんな子じゃないわ」

舞子が負けずに言い返すと、玲子はガタンと椅子《いす》を蹴《け》った。

「舞子、あんた知ってることとみんなの前で言いなさいよ！　何隠してんのよっ」

舞子は真っ赤な瞳《ひとみ》で、玲子をにらみ返している。金八先生はいつになく激《はげ》しい調子《ちょうし》で玲子を一喝《いっかつ》した。

「いいかげんにしなさい！　席につきなさいっ。それでは私の方から報告しましょう。……たしかにね、しゅうのお父さんが覚せい剤の所持《しょじ》で逮捕されました。どうしてそんなことになったのかは、少し落ち着いたときに話すことにします。お母さんはそのことで事《じ》情聴取《じょうちょうしゅ》を受けています」

三Bたちは信じられない思いに、質問をするのも忘れ、金八先生の口元を見つめていた。

「でも、そのことと崇史のことは関係ありません。もちろんしゅうも崇史もドラッグとは関係ない。そのうえ、なんだ？　まして舞子が売人だなんて、何をきみたちは考えてるんですかっ」

玲子は唇《くちびる》を噛《か》みしめて黙っていた。はしゃいで噂していた比呂たちも神妙《しんみょう》な顔つきだ。

「きみたちは今、とっても大事なときなんです。いいですか？　その大事なときにつまらない噂に耳を貸したりしないこと！　心を落ち着けましょう」

すると、いつもはホームルームの時間は参考書にかかりきりの哲史《てつし》が、めずらしく手を上げて発言した。

「僕もそう思う。このままだと変な噂が立って、桜中学からの受験、すごく不利《ふり》になるかもしれない」

たちまち後ろから非難の矢が飛んでくる。

「おまえ、自分のことばっか言っててんじゃねえよ」

「そうだよ、このジコチュー野郎が！」

哲史が振り向いてほえた。

「何とでも言えよ。きみたちが女の子追っかけまわしたり、踊って喜んでたときも、僕はこの受験のためにひたすらがんばってきたんだ。努力しないヤツに僕の気持ちがわかってたまるかっ」

哲史は今にも泣き出しそうなくらい、興奮している。最前列の典子《のりこ》がわっと泣き出した。

「わたし、こんなのいやっ！　はっきり言ってしゅうも崇史もすごく迷惑《めいわく》！　そのせいで、麻子も信子も学校来れなくなっちゃって……」

孝太郎《こうたろう》だけがただ一人、みんなの混乱を面白そうに眺《なが》めている。

「しゅうの野郎、ドラッグのことでおれにくってかかったくせに、てめえの親父はシャブ中かよ。笑わせるぜ」

あざけるように言った孝太郎の言葉に、後ろを振り向いた生徒たちはギョッとなった。しゅうが、教室の入り口に立って、孝太郎の言葉を聴《き》いていたからだ。いつからそこに立っていたのだろう。さすがに、気まずく、みんなは黙りこんだ。しかし、しゅうはそんなことにはいっさい構《かま》わず、ずかずかと大またに自分の席へ着くと、乱暴にスポーツバッグを机の上に放《ほう》り出し、ふんぞりかえって座《すわ》った。そして、おもむろにカバンをあけると、花《はな》模様《もよう》の弁当の包みを取り出し、舞子にむかって無造作《むぞうさ》に投げ返した。

「ごめん、全部食えなかった」

みんなが見守るなか、舞子は真っ赤になった。金八先生が取りつくろうように、明るい声を出した。

「ああ、おはよう、しゅう。しゅうも学校へ来てくれました。ね、こういうときは平常《へいじょう》心《しん》を忘れずに、いつも通りにやりましょう。いいね？　はい、じゃ、出席をとります」

金八先生がとりつくろうように明るい声を出したが、玲子がすぐに無視した。

「しゅう、あんた、崇史と何があったのよ。崇史が飛び降りたの、あんたと関係あるんじゃない？」

「あるよ」

しゅうは平然と答えた。見下《みくだ》すような調子が、いつものしゅうではない。金八先生は気が気ではない。

「しゅう、やめなさい」

「先生だって知りたいって言ってたじゃん」

「今はいいです。その話は……」

「崇史がよけいなことをしゃべったんだよね。それでうちの親が捕まったんだ」

金八先生が止めるのもむなしく、しゅうは教室中に聞こえる声で続けた。

「だから崇史に言ってやったんだ。裏切り者って。そしたら、飛び降りちゃってさ」

「もういいからっ、やめなさい、しゅう」

三Bたちは恐ろしいものを見る目で、しゅうを眺《なが》めている。

「ひどいこと言うね、しゅう……やっぱり崇史はあんたのせいで」

玲子が震《ふる》える声で責《せ》めはじめると、しゅうは振り向きもせずに、机をたたき、再びカバンを肩にかけた。

「うるせえなっ。なんか、ここ空気悪いね」

心配して駆け寄る金八先生に、しゅうは面倒《めんどう》くさそうな一瞥《いちべつ》を投げ、教室を出て行く。

「待ちなさいっ、しゅう!」

見たことのないしゅうの姿に一同はあっけにとられて、出て行く二人を見送った。

「あれ? あれ、どういうこと?」

「よくわかんねえけど、つまり、崇史がしゅうの家のこと、チクっちまったのが悪いんじゃねえの?」

直明がつぶやくと、玲子は射《い》るような目で食ってかかった。

「直明、あんたしゅうの味方するの?」

「そういうわけじゃねえよ。でもさ、おれはしゅうの気持ちもわかんなくはねえって言ってんだ。親友だと思ってたやつにチクられて、文句言ったら死なれちゃうんじゃ、しゅうの立場はねえって。なあ、そう思わないか?」

「怒るよ、直明」

「そうだよ、崇史、死ぬかもしれないんだよ」

「ひどすぎるよ、そんな言い方、崇史がかわいそう」

たちまち女子たちから非難の声があがる。

「崇史はしゅうのためにチクったんだよ。崇史は悪くないと思う」

有希《ゆき》が判決を下《くだ》すと、隼人《はやと》がバカにしたように応戦《おうせん》した。

「わかってないねえ、おまえは。男はチクっちゃいかんのよ、チクっちゃ」

しゅうを責める女子と、しゅうに同情する男子と、みなが勝手にしゃべり始めた。しゅうの言葉で崇史が飛び降りたということに関しては、意見が一致しているようだ。すると、突然、舞子が大声で叫んだ。

「みんな、もうやめて! 崇史もしゅうも苦しんだのよ。勝手なこと言わないで!」

舞子の真剣な表情にみんなは一瞬口をつぐんだが、玲子はいっそう憎悪《ぞうお》をたぎらせ、舞子に対峙《たいじ》した。

「何よ、いい子ちゃんは。崇史がいなくなったら、今度はしゅうに逆もどり?」

舞子の机に乗ったままの弁当の包みを手にとると、玲子は舞子の鼻先であざ笑うかのように振ってみせた。

「この男ったらし!」

次の瞬間、舞子の手が玲子の頬《ほお》に飛んだ。玲子もすぐさま、力いっぱい舞子の頬を打ちかえし、なおもつかみかかっていく。止めに入った淳たちの体をも、玲子は容赦《ようしゃ》なく打った。腕がつかえないと思うと、床《ゆか》に落ちていた弁当の包みを舞子に向けて思い切り蹴《け》った。

今度は舞子が猛然と玲子につかみかかっていく。女子とはいっても、本気になられるとなかなか止めることができない。教室中を巻き込んでの大乱闘《だいらんとう》に、シマケンらはあわてて金八先生を呼びに走っていった。

しゅうを追って出た金八先生は、校庭《こうてい》でしゅうを呼び止めた。

「しゅう、待ってくれ。変な噂たてたみんなのこと怒ってんのか?……仕方ないんだよ、みんな崇史のことで動揺《どうよう》してるんだ。……教室戻ろう、な、しゅう」

必死になだめる金八先生を、しゅうは愉快《ゆかい》そうに見た。

「ほんとうのことだから、しょうがないでしょ」

しゅうの顔には怒りも悲しみもなく、ただ目がらんらんと光っていた。

「しゅう……?」

しかししゅうは、そのままスタスタと校門へ向かう。

後を追う金八先生に、シマケンたちがせっぱつまった声で呼びかけてきた。

「先生、大変です。教室に来てくださいっ」

「先生、早くっ」

金八先生はしゅうに思いを残しつつ、仕方なく教室へ走っていった。

金八先生が怒鳴りつけて、割って入ると、舞子と玲子もようやくつかみ合いをやめた。

「二人ともどうしたんだ?」

問いただす金八先生の声も厳《きび》しい。机や椅子《いす》は押し倒され、カバンや筆記具が散らばって、教室内は惨憺《さんたん》たるありさまだ。玲子はぷいと横を向いた。今度は弁解《べんかい》する者もなく、三Bたちは沈黙して、玲子と舞子、金八先生を見守っている。舞子はまっすぐに頭をあげ、頬《ほお》をつたう涙をぬぐいもせずに言った。

「あたしはしゅうを小さい頃から知っているから……誰よりも優しいしゅうを知っているから……しゅうは……しゅうは人を傷つけるような子じゃないから……みんなが信じてくれなくても、あたしはしゅうを信じるから……」

そう言い捨て、舞子は教室を走り出して行った。

「舞子！」

デカあすとチビ飛鳥は、玲子を非難の目でちらりと見ると、すぐに舞子の後を追った。

「やってらんないよ、こんなクラス……」

玲子がふてくされた表情で、ゆっくりと教室を出る。

「待ちなさい、玲子！」

しかし、金八先生のとめるのも空《むな》しく、生徒たちは次つぎと教室を出て行った。

「こんなクラスにいたら、ぼくの受験はダメになる」

哲史が怒ったように言って、自分のカバンをさっさと肩にかけた。

「あたしも……」

典子もしゃくりあげながら、カバンをつかんだ。あっという間に、教室はがらんとなった。シマケンと伸太郎が、帰って行く仲間たちと金八先生の顔を交互《こうご》に見くらべ、おろおろしている。もう誰も金八先生のひきとめる言葉に耳をかさない。

「なんだよ、みんな。どうしちゃったんだよ……」

「もともと、こんな感じっしょ。このクラス……みんなてめえ勝手《がって》でバラバラで」

最後にゆっくりと席を立った孝太郎が、無表情に言い捨てていった。

シマケンと伸太郎は、みんなを見てくるといって駆け出して行った。誰もいなくなった教室の床《ゆか》に、金八先生はがっくりと膝《ひざ》をついた。

Ⅲ　いのちの授業

崇史の自殺は三Ｂのみんなに大きな衝撃を与えた。教室に空席が目立つこの日、
金八先生が考えた授業は、「あなたの夢はなんですか？」という問いだった。

翌朝、伸太郎と車掌《しゃしょう》はいつものように遅刻ぎりぎりに校門にすべり込み、チャイムの音を聞きながら階段を駆け上がった。

「はいっ！　セーフ！」

はしゃいで教室の戸を開けて、伸太郎は顔色を変えた。

「あっちゃー……今日はこれだけすか？」

もうチャイムは鳴り終わったというのに、席は半分も埋まっていなかった。来ているのはヤヨと祥恵《さちえ》、奈穂佳、それに比呂たちシブヤ系三人組と量太《りょうた》、哲史だけだった。いつもおしゃべりのかしましい比呂たちも、今日は沈《しず》んで静かだ。

少し遅れてそっと扉《とびら》が開けられ、おそるおそる入ってきたのは、昨日入学以来初めて学校を休んだ雄子だった。

「心配したんだよ。大丈夫？」

智美《ともみ》と祥恵がすぐに駆け寄った。

「ごめん……でも、もう大丈夫。昨日の夜、先生が来てくれたんだ」

雄子は恥ずかしそうに微笑《ほほえ》んだ。

「あたしんちにも来た」

みんなが同時に答えた。

「あっちゃー、おれにすがってきたからかわいいやつだと思ったんだけどな」

仲太郎が少し口惜《くや》しそうに言って、ようやく笑いのさざなみが起きた。

「でも、みんなはどうしたの？」

雄子が人のまばらな教室を見渡《みわた》すと、祥恵も奈穂佳も顔を見合わせて口をつぐんでしまった。

「昨日、大変だったんだ。舞子と玲子がさ……」

代《か》わりに話そうとした仲太郎のわき腹を祥恵が強く突いた。やはり、おそるおそる舞子とデカあす、チビ飛鳥が登校してきたからだ。みんなの視線を避けていても、その沈黙で自分が注目の的《まと》になっていることがわかった。舞子には、ドアから自分の椅子《いす》までの距離がとても長く思われた。

金八先生はその朝、覚悟を決めて教室へ向かった。生徒たちが休まずに出てくるかどうか、自信がなかった。崇史の容態《ようだい》が相変《あいか》わらずおもわしくないこともあり、金八先生は残っている気力を全身からかき集めて、背すじをのばした。ドアをあけて、飛び込んできた教室の光景に金八先生はその気力もすうっと消えていくような気がした。しかし、わずかに登校した生徒たちは、心配そうな瞳《ひとみ》でまっすぐこちらを見ている。金八先生はようやく笑顔を作って、教壇《きょうだん》に立った。

「今日は休みが多いね」

出席をとりはじめると、休みの多さがよけいに強く感じられた。舞子は名を呼ばれると青ざめた顔で席を立ち、頭を下《さ》げた。

「昨日はすみませんでした」

「いいから、いいから。気にしない」

金八先生は笑顔で答えたが、舞子の表情は暗いままだ。なんとかいつもの三Bに戻りたいとみんなが思っていたが、何にせよ、人数が少なかった。伸太郎のギャグも今朝はむなしく空転《くうてん》するだけだ。

「先生、こんなおれでも来るとうれしいっしょ、な?」

いつものタメ口でからまれて。金八先生は苦笑したが、教室は静まりかえっている。学級委員の祥恵はみんなを代表して、昨夜、金八先生が一軒一軒、生徒の家をまわってくれたことの礼を言った。金八先生は疲労《ひろう》を隠《かく》して、にこにこと笑っている。もう一人の学級委員の席は空《から》だった。人一倍責任感の強いシマケンの欠席は、金八先生にとっても少なからずショックだったが、シマケンは出席をとっている最中に息をきらして教室へ入ってきた。孝太郎の腕をひっぱっている。孝太郎の後ろには和晃《わこう》がいた。

「すみません、遅くなって。こいつら連れてくるのに手間《てま》どっちゃって……」

みんなが休まずに学校へ出てくるように骨折《ほねお》っていたのは、金八先生だけではなかったのである。出席を取り終わり、国語の授業に入ろうとするとシマケンが手をあげた。

「先生、昨日のことをきちんと話し合ったほうがいいんじゃないでしょうか」

「そうだよ、無理すんなって。これっきゃいないんだから、授業やってもしょうがねえだろ」

伸太郎がすぐに乗ったが、金八先生は首を横に振った。

「いやいや、いつも通り。いつも通りにやりましょう」

『夢はでっかく　根はふかく』

金八先生は今日の言葉として、相田《あいだ》みつをの詩集から選んだ言葉を貼り、その横に用意してきたもう一枚のボードを張った。

『あなたの夢はなんですか?』

金八先生は生徒一人ひとりに夢を聞いていった。チビ飛鳥の夢は幼稚園の先生、車掌の夢は文字通り車掌、智美の夢は暖かい家庭の主婦だった。夢を語るとき、誰もが少し恥ずかしそうな真面目《まじめ》な表情になるのがういういしかった。金八先生が次の生徒をあてようとしたとき、後ろの扉があいて、サンビーズがそろってぞろぞろと入ってきた。先頭の直明は、金八先生の顔をまっすぐに見て、遅刻を詫《わ》びる代わりに言った。

「言っとくけど、おれたち、別にサボってたわけじゃねえから。話し合ってたんだ」

「話し合ってたって、何を?」

「このクラス、ばらばらだけど、でもサンビーズだけはしっかりまとまっていこうって決めたんだ」

「決めたんだ」

チビの真佐人《まさと》が誇らしげに繰り返した。金八先生はにこにこして、直明が席につくなり、夢の質問をふった。

「やっぱ、あれかな。サンビーズでジュニアダンスコンクールに出てグランプリと取ることでしょ。それから、将来はできればダンサーになりたい」

直明は目を輝かせて答えた。ところが、他のサンビーズはといえば、夢は必ずしもダンサーではないのだった。浩美はスチュワーデス、ソンはとにかく金持ちになって弟の耳の障害を治《なお》してやりたいと言う。ガリ勉の哲史は幼稚園のとき以来、東大を出て高級官僚になることを目指しているという。奈穂佳は詩人、雄子はお料理の先生、デカあすはモデルを夢みていた。三Bたちは夢を交換し合い、未来を語り合っているうちにだんだんいつもの元気を取り戻していった。仲太郎は自分の番になると、照《て》れて夢などないと手をふった。

「ウソだ。伸ちゃん、小学校の卒業文集に将来は大物俳優って書いてた」

康二郎が暴露《ばくろ》すると、真佐人が証人役までかって出た。

「仲太郎、劇団たんぽぽのオーディション受けて、落ちたんだよね」

どっと笑い声がおこり、仲太郎は耳まで真っ赤になった。

「おれ……帰る」

「いいから、いいから」

金八先生は笑って、仲太郎を席に押し戻した。

「いいじゃないですか、大物俳優。ぜひハリウッドまで行ってアカデミー主演男優賞っていうのを取ってください。はい、恥ずかしがることなんてない。夢を語りあうというのは、少年少女に許された特権です。はい、シマケンの夢は？」

「僕はNGOに入って戦争で苦しんでいる人を助けたいです！」

「NGOってプロレス？」

真佐人が素《す》っ頓狂《とんきょう》な声をあげた。

「いや、プロレスじゃないよ。NGOは非政府団体《ひせいふだんたい》、つまり市民によって自主的につくられた団体のことで、国内の問題だけでなく、国際的な活動にも取り組んでいます。開発協力など国際的な活動を行なう団体のことです。以前は発展途上国《はってんとじょうこく》の開発を手伝うのが主だったけど、今は戦争で傷ついた人たちへの医療支援《いりょうしえん》や地雷撤去《じらいてっきょ》など、地球規模で平和に貢献《こうけん》する民間団体にかかわっています。シマケン、どうか地球から戦争がなくなるようにがんばってください」

「はいっ」

真佐人は尊敬のまなざしでシマケンを眺《なが》め、シマケンは力《りき》んで返事をした。大きな夢や小さな夢があった。量太はベンチャーを立ち上げ、プロ野球のオーナーになるという。和晃はもっと現実的かつ切実《せつじつ》で、母親から離れて暮らすのが夢だった。三Bたちはどちらにも共感することができ、クラスはますます湧《わ》いた。しかし、ふたたび後ろの扉があいて、淳に付き添われて玲子が入ってくると、教室はまたしんとなった。

玲子がみんなを無視して自分の席につくと、舞子は勇気をふりしぼって玲子の前に立った。

「玲子……昨日はごめん」

玲子の答えは無視だった。

「玲子？」

金八先生に呼ばれると、玲子は挑戦的《ちょうせんてき》な目で言《い》い放《はな》った。

「本当は来たくなかったんだけど、でも私、別に間違ったこと言ってないし、何も悪くないし、だからこっちが休むことないと思って」

「だけど、舞子は謝ってんじゃねえかよ」

直明がたまりかねて口をはさんだ。玲子への抗議の声があがるのを、金八先生はあわてて制《せい》した。

「まあいい、まあいい。いつか、玲子と舞子はきっと仲直《なかなお》りするときが来ます。はい、続けましょう。稲葉舞子、あなたの夢は何ですか」

「私の夢は……」

言いよどむ舞子の視線が、空《から》っぽの崇史としゅうの机の上をさまよった。

「……みんなでそろって三Bを卒業したいです」

すぐさま、玲子は大げさなため息をついた。

「ったく……なんだか知んないけど、そういう言い方がうざいんだよね」

「玲子さんっ、舞子とけんかしたからって、崇史が助かるわけじゃないんだよ」

淳の言葉に、玲子は唇を噛《か》んでうつむいた。

しゅうは、そのすっかり沈んでしまった空気の中に入ってきた。舞子はぱっと顔を輝《かがや》かせたが、しゅうを見る目のいくつかには憎悪《ぞうお》がこめられている。三Bたちが固唾《かたず》をのんで見守る中、しゅうはいつものように小さく会釈《えしゃく》して席についた。顔色が少し悪かったが、昨日のしゅうではない。

「よく来てくれたね、しゅう」

金八先生が微笑《ほほえ》みかけると、しゅうはかすかにうなずいた。前の席のヤヨがうれしそうに手をあげた。

「はい、ヤヨ。ヤヨの夢は何ですか」

「ミンナト一緒」

ヤヨは幸せそうに、くっきりと発音した。その思いが通じたかのように、今度は前の扉《とびら》が開き、大森巡査が現れた。

「金八くん、ちょっくら拾《ひろ》いものを届《とど》けに来たんだ、ほれ」

大森巡査に促《うなが》されて、典子、麻子、信子が入ってきた。

「橋の上でこの三人がじっと下みてたんだ。くらーい顔サして」

「ごめんなさい、先生」

典子が泣き出しそうな声でいい、あとの二人も頭を下《さ》げた。

「うん、わかった。さあ、座って。三人とも席につきなさい」

金八先生は典子の肩をたたいてやり、巡査に礼を言った。これで、三Bは崇史を抜かして全員そろったことになる。金八先生は、授業を続けた。

「今まで、みんなのいろいろな夢を聞いてきました。どの夢も、先生はとても共感できるし、かなえばいいなあと願っております。けれども、ここに、きみらの夢とはまったく違う夢があります」

そう言って金八先生が取り出した三枚目のボードにはこう書いてあった。

『わたしの夢は大人になるまで生きることです』

「あ、それぐらいならおれにもできるよ」

すかさず、伸太郎が茶々《ちゃちゃ》をいれる。

「そうだね。君たちにはそれは当たり前のことなのかもしれない。ところが、この地球上には大人になるまで生きるということが夢だという子どもたちがいるんです」

ボードの言葉はＮＧＯの代表理事を務める池間哲郎《いけまてつろう》氏の著書から金八先生がとってきたものだった。カメラマンとしてフィリピンのごみの山で暮らす子どもを撮っていたときに、一〇歳の少女が答えた言葉なのだという。ごみの山で暮らしていると聞いて、比呂が目をまるくした。

「その女の子って、ごみ食べて生きてるの?」

「そうじゃないよ。捨てられたビンとかプラスチック、アルミ缶を拾ってリサイクル業《ぎょう》者《しゃ》に売りに行くんだな。朝早くから夜まで一日ごみを拾ってやっと手にするお金が、日本円にして五〇円くらいだそうです」

「マジ?」

「五〇円?」

三Bたちは驚きの声をあげた。積もったごみの山は発酵《はっこう》してガスが発生《はっせい》し、ゴミ捨て場には一日中有毒物質《ゆうどくぶっしつ》を含《ふく》む煙《けむり》が充満《じゅうまん》している。その中でしか暮らすことのできない子どもたちは、満足な食事もとれず、ほとんどが栄養失調《えいようしっちょう》だ。こうしてゴミ捨て場の子どもたちが一五歳になるまで生き残る確率は、三人に一人だという。金八先生の話を、生徒たちは静まりかえって聞いていた。

「三人に二人が今の君たちの年まで生きられないそうです。一〇歳の少女は言いました。『私の夢は大人になるまで生きることです』。淳、君はこの言葉をどう思う?」

淳は困ったような顔をした。

「その子がかわいそうです……でも、それはよその国のことだし……僕は日本にいて……日本じゃそんなことないし……だからピンときません」

「うん、そうだね。それが君たちの正直な意見でしょう。日本ではね、子どもが大人になるまで生きられないなんて、そんなことはないからね。……でも、崇史の場合はどうなんだろう。崇史は明日死んでしまうかもしれない。崇史は遠いよその国の子どもではありません。この日本の、この教室の、あそこの席に座《すわ》っている少年です。きみたちと同じ教室にいる子どもです」

「先生……」

信子がそっと手をあげた。

「あたし……崇史は死ぬかもしれないって思ったとき、急に不安になったんです。昨日まで一緒にこの教室で勉強していた人が突然この世から消えてしまう。もう話すことも見ることもできないなんて……そう思ったら、自分がこうして生きてるってことがなんだかとても頼りないことに思えたんです……だから典子と麻子にメールして一緒にいてもらったんです……けど、すごくこわかった」

「……あたしもです」

昨日欠席した雄子がつぶやいた。いくつもの目に、同様の不安と怖《おそ》れが浮《う》かんでいた。

「うん……それはやっぱり君たちが生きているからじゃないかな。私たちは死というものが遠いところにあると思っている。戦争をやっているところや、飢餓《きが》があるとか、大きな災害があるとか、そういう国とか場所にしか死はないと思っています。でも、死は案外《あんがい》近いところにある、ということに信子と雄子は気がついたんじゃないかな。どんな国に住んでいようが、若かろうと年をとっていようと、生きている限り死は必ずやってきます」

金八先生が用意した四番目のボードは、日本の少女の言葉だった。

『つらい時は命のことを考えるのに、楽しい時には考えないのはなぜだろう』

「楽しいとき、健康なときは、私たちは死ぬことなど考えない。でも、ひとたび病気になったり、身近《みぢか》な人が死んだりすると、私たちは死について考えはじめます。私たちはいつも向かい合わせになった生と死を背負《せお》って、決して平坦《へいたん》ではない道を歩いている……生きているって、そういうことじゃないかな」

「わっかんねえっ」

伸太郎が頭をかきむしった。

「じゃ、どう生きればいいわけよ、結局?」

「そうだよな……そんなびくびくして生きるのなんて楽しくないよな。はい、ではみなさんにたくさん話をしてもらいましたから、今度は私がすこし話したいと思います。実は私も一度だけ死にたいと思ったことがあります」

金八先生の突然《とつぜん》の告白《こくはく》に、三Bたちはドキリとして、少し身を乗り出した。金八先生はゆっくりと話し始めた。

「それは、妻が死の宣告《せんこく》を受けたときです。私の妻は里美といいます。この桜中学で養護の先生をやっていました。一人ひとりの生徒に優しくてね、生徒の心を深く理解する人でした。……美人でね。手のひらの暖《あたた》かい人だった。おれは恋をしてね。おれたち、結婚したんだ……そして、長女の乙女、長男の幸作が生まれて……これから少し楽になるかなというときに彼女は病気になって……病名は乳《にゅう》がんでした。学校の仕事、忙しかったから、発見が遅れてしまったんです。残された命があと一年もないって知ったとき、彼女は布団《ふとん》をかぶって泣いていました。そのときに、先生も、妻が死んだらいっしょに死んでしまいたいと思いました……でも、それはすぐに間違いだということを彼女に教わりました。病院のベッドで、妻は私の手を握って言ったんです。子育て半ばで子どもたちを残して逝《い》ってごめん……一生懸命看病《いっしょうけんめいかんびょう》してもらったのに生きられなくてごめん……私は子どもたちのためにもっともっと生きたかったって……」

穏《おだ》やかな声で語る金八先生の目は真っ赤だった。額《ひたい》に皺《しわ》の深く刻《きざ》まれた担任教師が、その胸に奥深《おくふか》くしまって生きてきたつらい体験を、正面から自分の生徒たちに語っている。三Bたちもその話を、声もなく聞いていた。

「妻は……里美は生きたかったんです。誰よりも生きたかったんです。それを思うとつらくてなあ……。けれど、その後、不思議なことに気がついたんです。先生が悩んでいるとき、壁にぶちあたって苦しんでいるとき、妻がそばに立っているんだ。それで、一生懸命おれを励《はげ》ましてくれるんだ。すると、もっと生きたかった里美の分まで、おれはがんばれる気がしてくる。里美は死んで、おれの根っこを支《ささ》える土になってくれたんだなあ……。崇史の場合はどうでしょうか。崇史は死んだら、私たちの根を支えるような土になってくれるでしょうか。いや、崇史は土にはなれない。土にもなれない崇史に、死ぬ資格はないんです。先生はあいつに、崇史にそのことを言ってやりたいんです」

叫ぶように言った金八先生の瞳《ひとみ》から、涙がこぼれ落ちた。その金八先生を、しゅうが食い入るように見つめている。

「いいですか、みなさん。人は命に限りがあることを知ったとき、初めて生きていることの素晴らしさに気づくんです。つらくて悲しくて死にたいと思ったときは、生きたいのに生きられなかった人のことを思い出してください。そして、生きていることの素晴らしさについて考えてください。あなたを愛する人間が、残されてどんなにつらい思いをするかも考えてください。自分で死を選ぶということは、卑怯者《ひきょうもの》のすることです。必死で生きようとしている人たちの命を冒涜《ぼうとく》し、踏《ふ》みにじることなんです。そんな愚《おろ》かな選択をすることを、私は許しません。どうかみなさんは、石を砕《くだ》いて、土に根を張ってください。〝夢はでっかく　根はふかく〟。わかるね？　みんな、わかりますね？」

金八先生の「いのちの授業」だった。全身全霊《ぜんしんぜんれい》をこめたその言葉を、生徒たちは胸に刻《きざ》みつけた。どの頬《ほお》も涙に濡《ぬ》れている。

廊下をあわただしく走ってくる足音がして、遠藤先生がいきなり扉《とびら》をあけた。

「坂本先生、安井病院から連絡が！」

金八先生は目の前が真っ暗になる気がした。しかし、遠藤先生が息せき切って持ってきたのは、吉報《きっぽう》だった。

「小塚崇史が意識を取り戻したそうです！」

「崇史が……」

金八先生はもう話すことができなかった。幾人《いくにん》かが安堵《あんど》のあまり、声をあげて泣き出した。金八先生は心の中で、里美先生に何度も礼を言っていた。

学校が終わると金八先生はまっすぐに安井病院へ向かった。三Bたちの足どりは、朝とはうってかわって軽かった。サンビーズたちがいつにもまして派手《はで》なステップを踏みながら行く。玲子は、土手《どて》の道でチビ飛鳥、デカあすと並んで帰っていく舞子を呼び止めた。デカあすが警戒《けいかい》するような目つきで見たが、玲子はそれを無視してまっすぐ舞子と向かいあった。

「二人とも、これまでのことは忘れよう」

つっけんどんな口ぶりだったが、それが玲子にとっての精いっぱいの謝罪《しゃざい》であり、仲直りの言葉であることが舞子にはわかった。

「うん！」

舞子がにっこりうなずくのを見ると、玲子は口元が思わずゆるんでくるのを隠《かく》して、どんどん先を歩いて行った。

しゅうは崇史が助かった喜びを、一人噛《か》みしめながら、家へ帰った。そして崇史のために、金八先生のために、自分を愛してくれる両親のために、心に一つの誓いをたてた。

ドラッグが緩慢《かんまん》な自殺であることを、しゅうはもちろん知っていた。金八先生が崇史に言った言葉を、しゅうは自分への言葉としても聞いたのである。しゅうは、まっすぐ二階の奥の部屋へ行き、ベッドマットの隙間《すきま》に隠《かく》しておいた覚せい剤のビニール袋を手にとると、トイレへ行った。水に全部流してしまおうと思ったからだ。ビニール袋の口をあけ、ゆっくりとかたむけると、白い結晶《けっしょう》が砂時計《すなどけい》の砂のように少しずつこぼれた。そのとき、しゅうは、耳もとに母の笑い声が聞こえたように思い、ハッと袋をかたむける手をとめた。

冷《ひ》えきった無人《むじん》の家はしんと静まり返っている。しゅうはにわかに恐ろしくなった。母親に殴《なぐ》られるほうが、たった一人で取り残されるよりもどんなによかったか……。わずかな薬さえあれば、この孤独《こどく》とたたかうことができる。覚せい剤を打ったあと、いつもしゅうは母親の声、父親のぬくもりを近くに感じ、幸せだった幼年時代に戻っていたのだった。しゅうは、ぎゅっと袋の口を閉じ、まだ粉の残っているビニール袋をポケットにしまった。

光代の拘留《こうりゅう》は長《なが》びいていた。金八先生は毎日夕食を持ってしゅうの家にやってきて、時どきそのまま泊まっていった。けれど、しゅうは長い午後の時間、あるいは夜がふけてから、たびたび注射器を取り出すようになっていた。はじめは、警察にいる両親のことを思い、寂《さび》しさを紛《まぎ》らわせたい一心《いっしん》からだった。それが、いつのまにか一日の大半、クスリのことが頭から離れないようになってきた。気分のよいときには捨ててしまおうかとも考える。針を打つときには、汗がにじむ。けれど、手がふるえてくると、もはやしゅうの意思はしゅうの思い通りには動かせないのだった。

ある日、金八先生は夕方早い時間にしゅうの家にやって来た。しゅうは返事をしなかった。まさに注射針を腕に刺《さ》そうとしたときだったのである。けれど、鍵《かぎ》のかけられていない玄関の戸を開ける音がして、金八先生は家の中へ入ってきた。

「しゅう！　いるんだろ？」

しゅうは、とっさに注射器と袋をベッドの下にねじこみ、ベッドにもたれて眠っていたふりをした。目をこすりながら見上げると、金八先生は顔をくちゃくちゃにして笑っていた。

「あのな、今、崇史のところに寄ってきたら、今日から一般病棟《いっぱんびょうとう》に移ってたんだ。これから、崇史に会いに行かないか」

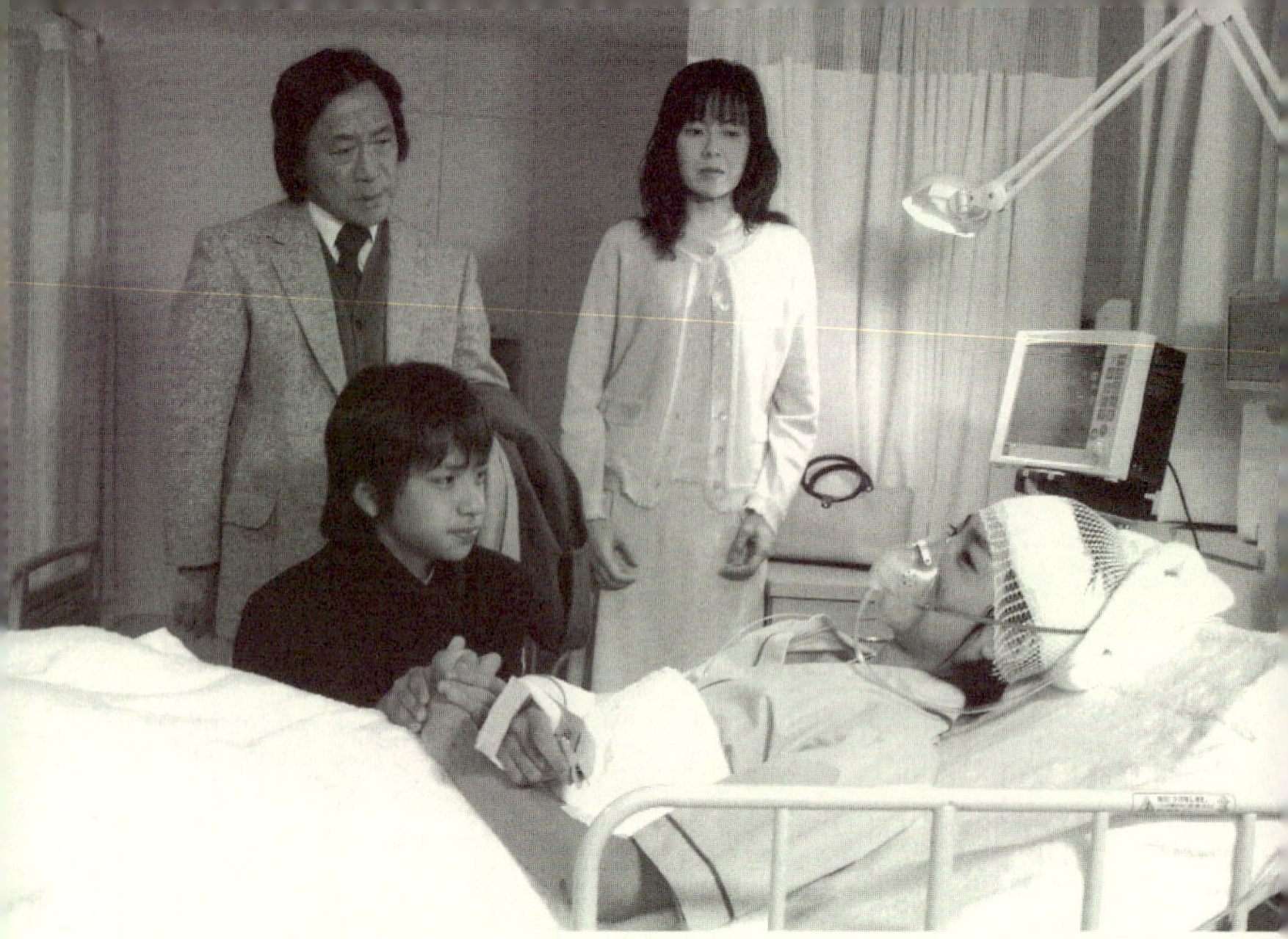

金八先生に背中を押されて病室に入ったしゅう。「崇史、ごめん……僕が君を苦しめたせいだ」。弱々しく差し出した崇史の手に、しゅうの涙がこぼれ落ちた。

安井病院のそばまで来ると、しゅうは緊張のあまりいっそう無口になった。たくさんの管《くだ》につながれた崇史の無残《むざん》な姿が脳裏《のうり》によみがえる。

病室をノックすると芳子が内側から扉をあけ、金八先生の後ろにしゅうの姿を見ると、芳子は顔をこわばらせた。しゅうはうつむいたままだ。金八先生は目で芳子を制《せい》し、ベッドに横たわっている崇史に声をかけた。

「崇史、しゅうが来てくれたぞ」

金八先生に背中を押されてしゅうは崇史のベッドの横に立った。集中治療室《しゅうちゅうちりょうしつ》を出たとはいえ、崇史の全身はまだギプスと包帯《ほうたい》に覆《おお》われている。まっすぐにこちらを見つめる崇史のまなざしを受け止めたとたん、しゅうの目からぽろぽろと涙がこぼれ落ちた。

「崇史、ごめん……僕が君を苦しめたせいだ……」

崇史は不自由な腕を懸命《けんめい》に動かし、布団《ふとん》の中からやっと手を出した。自分に手を差《さ》し伸《の》べているのだとさとり、しゅうがおそるおそるその手を握ると、崇史の指は弱よわしく、しゅうの手のひらを包《つつ》んだ。崇史のそのくちびるに微笑《びしょう》が浮《う》かんだ。

「崇史……生きてくれてありがとう……ありがとう」

しゅうはベッドの横にひざまずき、握った崇史の手を涙で濡《ぬ》らす。崇史の目からも涙があふれ出た。金八先生は二人の様子《ようす》を優しく見守っていた。


それから、金八先生としゅうは連《つ》れ立《だ》って帰り、向かい合って夕食の弁当を食べた。金八先生は、崇史の順調《じゅんちょう》な回復に上機嫌《じょうきげん》だった。

「このままいけば、もしかしたら都立の一次試験受けられるかもしれないそうだ。あいつんちのこと、聞いただろ？　開栄はダメになっちゃったけど、崇史なら都立のいいとこ入れるだろうからな……なんとか回復してくれるといいんだが……」

しゅうは黙ってうなずきながら、あまり金八先生の話が耳に入らなかった。

しゅうと一緒に夕食の弁当を食べながら、金八先生は進路のことを切り出した。
その先生にしゅうは表情も変えず「高校には行かない。就職します」と答えた。

「しゅうはどうする？　緑山《みどりやま》にするか？　そろそろ決めないとな」

「……就職します。高校へは行きません」

「えっ」

金八先生は驚いてしゅうを見たが、しゅうの表情は変わらなかった。

「うん、そうか……まだ時間はあるんだ。そんなにあわてて答えを出すことはないさ」

「はい……」

しゅうは素直《すなお》に答え、箸《はし》をおいた。

「ごちそうさまでした」

しゅうは礼儀正しく礼をして、席を立った。けれども、乙女の作ったしゅうの弁当はほとんど手つかずのままだ。しゅうの食は日に日に細くなっていく。崇史が回復して涙を流して喜んでいたわりに、顔色も冴《さ》えない。

「しゅう……おまえ、どこか具合《ぐあい》が悪いのか?」

「大丈夫です。おやすみなさい」

この家に泊まるようになってからも、しゅうは金八先生になかなかなつかなかった。しゅうは何だかそわそわと二階へ上がっていく。金八先生は気になって、もう一度しゅうの顔を見に行った。

「しゅう、入るぞ」

ノックして部屋の戸をあけると、しゅうはベッドに腰掛《こしか》けていた。

「ごめんな。ひとつだけ言っておきたいことがあって……おまえ、この前教室で崇史のことをずいぶんきつく言ってただろ。いつもおとなしいしゅうがどうしてあんな乱暴なこと言ったんだろうって、先生、ちょっと心配してたんだ。でも、今日のしゅうを見て、安心したよ。おまえら、やっぱり友だちだった」

金八先生は優しくしゅうを見つめた。しゅうは相変《あいか》わらず、うつむきかげんにうなずくだけだった。

「それじゃ、おやすみ」

金八先生が階段を下《お》りていく音がすると、しゅうはベッドの下から注射器を取り出し、ふるえる手で針を腕に刺《さ》した。ふるえがとまり、しゅうの全身を恍惚感《こうこつかん》が包《つつ》んでいった。

Ⅳ 伸太郎親子の激突

伸太郎がシマケンの分も含めて給食費を払おうと、質屋に持ち込んだ800万円の壺が無事帰ったきた。父の伸介は「泥棒息子を逮捕してくれ！」と言い放った。

新学期そうそう嵐《あらし》に見舞《みま》われた三Bだったが、受験の日程は容赦《ようしゃ》なく過ぎて行った。一月はあっという間に過ぎ、二月一日の朝、金八先生は朝から念入《ねんい》りに里美先生の遺影《いえい》を拝《おが》んでいた。都立推薦《とりつすいせん》入試の発表の日である。

いつものように授業に入っても、金八先生は発表を見に行った生徒の空席《くうせき》がつい気になってしまう。推薦に落ちたとしても、まだまだ先はあるのだが、やはり落ちた生徒の顔を見るのはつらかった。授業時間も半分ほどすぎると、祥恵と奈穂佳が大きな封筒を手ににこにこと戻ってきた。量太が音頭《おんど》をとって、三Bたちは祝福《しゅくふく》の拍手《はくしゅ》を送った。誰かが受験に出発するたび、合格するたび、何かをやり遂げるたびの祝福のエールは、いつからか三Bの慣例《かんれい》だ。このところクラスの団結《だんけつ》は見違《みちが》えるほど強いものとなっている。金八先生は満足げに教え子たちの笑顔を眺《なが》めた。

祥恵たちの後、少し遅れてシマケンも帰ってきた。手にはカバンだけを持ち、うつむき加減《かげん》の暗い顔だ。みんなはしんとなってシマケンを見守った。金八先生は覚悟《かくご》を決め、そっとたずねた。

「どうだった、シマケン?」

「晴海総合《はるみそうごう》……合格でした」

シマケンはぼそっと答えて、カバンから封筒を引っ張り出してみせると、金八先生は大げさにずっこけた。

「なんだよ、おまえ。何か暗い顔で入って来るからどきっとしたじゃないかよ。はい、シマケン合格おめでとう！」

「いいぞ、いいぞ、シマケン！」

クラス祝福を受けても、シマケンの表情は晴れなかった。推薦に受かったシマケンたちは、早くも受験から解放の身だ。嬉《うれ》しくてたまらないはずなのに、給食の時間になっても、シマケンは元気がない。

「どしたの？　食べないの？」

伸太郎が右隣《みぎどな》りに座《すわ》り、給食にまったく手をつけようとしないシマケンの顔をのぞきこんだ。

「いや……僕はいいんだ」

シマケンの答えは歯切《はぎ》れが悪かった。伸太郎はさっと隣りの皿に手をのばした。

「じゃ、おれ食ってやるよ。しかし、いけないねえ、食い物を粗末《そまつ》にしちゃ。この地球では毎日何万っていう人が飢《う》え死《じ》にしてるんだぜ。ＮＧＯで働きたいっちゅう君が、そんなことじゃだめっ」

シマケンのパンをぱくつきながら、左隣りを見ると、しゅうもまったく食欲《しょくよく》がないらしい。

「なんだよ、しゅう、おまえもどっか悪いの?」

「これ、いいよ」

しゅうは物欲《ものほ》しげな仲太郎の顔を見て、自分のトレイを押しやった。

「あ、そう。じゃ、ごっそうさん!」

仲太郎は自慢の底なし胃袋《いぶくろ》に盛大《せいだい》に給食を詰《つ》め込《こ》んだ。

「ねえ、仲太郎んちって、入学してからずっと給食費払ってないんだよね?」

「超図々《ちょうずうずう》しい系だぜ、あいつ」

有希と典子が聞こえよがしに言ったが、そういう噂話《うわさばなし》については仲太郎は耳にふたをすることに決めていた。仲太郎の家が給食費を払っていないのは、公然《こうぜん》の秘密だ。仲太郎は何度も督促状《とくそくじょう》をもらって帰ったが、親に払う気がない以上、仲太郎にはどうすることもできはしない。

今年の都立推薦の結果はすこぶるよく、北先生、乾先生、金八先生が職員室で互《たが》いの報告を喜びながら昼食をとっていると、真佐人とソンが血相変えて走りこんできた。

「先生、大変っ」

「なんですか、静かにしなさいよ」

「シマケンが倒れたっ」

「シマケンが？」

「保健室っ、早く来てっ」

金八先生は驚いて、給食の皿もそのままに本田先生とともに教室へ向かった。シマケンの席の周りには心配する生徒たちの輪ができていた。本田先生が様子《ようす》を診《み》たところ、シマケンは軽い貧血《ひんけつ》をおこしているようだった。給食をまったく食べず、腹を押さえてぐったりなったという、三Bたちの報告を聞いて、金八先生は眉《まゆ》をしかめた。

「給食食べなかったのか？」

「伸太郎がみんな食っちゃった」

「何？」

非難《ひなん》の視線《しせん》を向けられて、あわてたのは伸太郎だ。

貧血をおこして保健室に運ばれてきたシマケン。大工の父がケガをして働けなくなり給食費が払えないので、「僕は給食を食べてはいけないのだ」とうつむく。

「違う違うっ。シマケンが食わないっていうから、おれが食ってやったんじゃねえかよ。まぎらわしいこと言っててんじゃねえよっ」

「シマケン、なんで給食食べなかったんだ？」

金八先生の問いにシマケンは口をつぐんで下を向いた。代《か》わりに外野《がいや》がいろいろと推測《すいそく》する。

「あ、ダイエット？」

「なあ、シマケン。おまえは育《そだ》ち盛《ざか》りなんだよ。食べるのが仕事みたいなもんなんだ。ね、だから給食はしっかりと食べなきゃダメだよ。ん？」

金八先生がさとし、本田先生は新しくよ

そってきた給食をシマケンの前にさしだした。

「さあ、少し食べて」

けれどシマケンは首を横に振って、手をつけようとしない。金八先生はため息をついた。

「食べないと、また倒れるぞ……あれ、もしかして、ハンストか？」

「え、パンスト？」

真佐人がきょとんとした顔でシマケンと金八先生を見くらべる。

「ハンストってのはな、ハンガーストライキって言ってね、何か抗議するときにいっさい食べ物を口にせず座《すわ》り込《こ》んで抵抗《ていこう》する行為《こうい》のことですよ」

「ウソ、死ぬじゃん、そんなの」

「そうだよ。いのちをかけた闘争ですよ、ハンストは」

金八先生の説明を真佐人たちは感心して聞いていた。

「シマケン、抗議《こうぎ》してるんだ」

「何に？」

話が勝手な方向へ流れはじめ、シマケンはついに口をひらいた。

「そんなんじゃないです……」

「シマケン……みんな心配してるんだよ。どうして給食を食べないんだね？……話してくれないかな？」

「……僕は給食を食べちゃいけないんです」

「どうしてだね？　話してくれよ」

「……給食費が払えなくなったからです」

みんながざわめき、シマケンはいっそううつむいた。

「父さんが屋根から落ちて仕事が出来なくなったんです……うちは大工だから、そうなるとどうにもならなくて……母さんがパートに出始めたけど、風邪《かぜ》で寝込《ねこ》んでしまって……恥ずかしいけど、今月の給食費が払えませんでした」

一同はしんとなった。伸太郎はいたたまれずに、そっとシマケンのそばを離れた。

「そうでしたか……言いにくいことを話させてしまって悪かったね」

金八先生は頭を下《さ》げた。と、次の瞬間、三Bたちの抗議が金八先生に集中した。

「先生、なんとかなんねえのかよ！」

「マジでシマケンは給食食べちゃいけないわけ？　そんなのひどすぎる！」

「だったら、あたしの給食半分あげる」

雄子がトレイを持ってくると、真佐人やデカあすたちがわれもわれもとシマケンの周りに押しかけた。

「ちょ、ちょっと待ちなさいっ。だれも食べちゃいけないなんて言ってないじゃないですか……」

金八先生があわててみんなを押しとどめようとすると、突然、教壇《きょうだん》の方へ避難《ひなん》していた伸太郎が大声をあげた。

「担任！　おれ、グッドアイデア！」

「何だね？」

「シマケンのためにみんなで募金を集めようぜ。テレビとかでそういうのやってんじゃん。名づけて〝愛の給食募金！〟いいねっ、これ最高！　だよねっ？」

自分の思いつきにごきげんな伸太郎に、みんなの視線は冷《ひ》ややかだ。

「あんた、給食費払ってないでしょ」

「しかも一年のときからずっと！」

「だ、だから何？」

やぶへびだった。あっという間に、辛辣《しんらつ》な言葉が雨となって伸太郎の上に降《ふ》ってきた。

「それなのに、人の給食までガツガツ食べて恥ずかしくないのかよ！」

「……だって、食わないって言うからよ」

「あんたんち、すっげえ金持ちじゃん」

「シマケンちは払いたくても払えないんだぜ」

「そうよ。ちょっと払えなくなったシマケンが食べられなくて、三年間払ってない仲太郎が何人前もガツガツ食ってるなんて、おかしいじゃん」

男子からも女子からも容赦《ようしゃ》ない言葉を矢継《やつ》ぎ早《ばや》に浴《あ》びせられ、口の達者《たっしゃ》な仲太郎もさすがに言い返すことができない。やがて、みんなの抗議《こうぎ》は手拍子《てびょうし》つきの残酷《ざんこく》なシュプレヒコールへと変わった。

「金払えっ！　金払えっ！」

仲太郎は孤立無援《こりつむえん》で教壇《きょうだん》に立ち、今にも泣き出しそうだ。金八先生があわてて前に立った。

「静かに。静かにしなさいっ！　いいですか、シマケンの問題と仲太郎の問題は別です。それをいっしょくたにするのはおかしいですよっ」

「そうだよ！　そのとおりっ」

伸太郎がなんとか泣かずに、形勢《けいせい》を立て直そうとしたそのときに、純粋《じゅんすい》な微笑《びしょう》を浮《う》かべたヤヨの言葉が小石《こいし》となって飛んできた。

「カネハラエ！」

「ヤヨ……」

伸太郎はうなだれて、席に戻ったのだった。

その夜、出前《でまえ》の夕食を食べ終えた伸太郎は、狩野家《かのうけ》の豪華《ごうか》な居間で父親に話を切り出す機会をうかがっていた。居間には家族全員がそろっていたが、伸太郎の存在に気をとめるものは誰もいない。母親の亜弥《あや》はゴルフのスウィングの練習をしていたし、小学生の妹、亜美《あみ》はテレビの前でくすくす笑っている。父親の伸介《しんすけ》は幼稚園児の背ほどもあろうかという大きな壷《つぼ》にほれぼれと眺《なが》め入っては、ついてもいないホコリをはらったりしていた。居間のサイドボードには伸介のコレクションがところ狭《せま》しと飾《かざ》られている。どれも、成金趣《なりきんしゅ》味《み》を思わせる派手《はで》な花瓶《かびん》や置物《おきもの》で、そこに今度、この大きな壷が加わったわけだった。番組がコマーシャルにかわって、亜美がちらっと父親の方を見た。

「買ったの、それ？」

「すっげえだろ、高かったんだぞ」

小山《こやま》のような体格《たいかく》の伸介は気持ち悪いくらい目じりを下《さ》げて猫なで声で答えた。

「いくら?」

「八〇〇万」

傍《かたわ》らで聞いていた伸太郎はごくりとつばを飲み込んだ。給食費に換算《かんさん》したら、いったい何百年分、何百人分だろうか……。伸太郎は伸介が上機嫌なのを見て、そっと、会話に割り込んだ。

「じゃ、その壷を買った流れで、給食費の方もなんとか……」

「あぁん?」

伸介がすごむように吼《ほ》えると、伸太郎はびくりとして口をつぐんだ。伸太郎が黙《だま》ってしまうと、伸介は今度はそばでゴルフのクラブを磨《みが》きはじめた妻の亜弥に警戒の目をむけた。

「またゴルフかよ?」

「天神《てんじん》建設の岩見《いわみ》社長。うちの一番のお得意さまだからね。言っとくけど、あんたがそうやって壷磨いてられんのも、あたしがせっせとお得意さまを接待《せったい》してるお陰なんだからね」

「おう、わかってますよ」

伸介はソファに寝そべって、満足げに壷を眺《なが》めた。その機嫌《きげん》を損《そこ》ねないよう、伸太郎はふたたびおずおずと口をはさんだ。

「ねえ、そんなのに八〇〇万払えるのに、どうして給食費払わないわけ?」

「うっせえな、さっきから。んなもん、払ってんだろ!」

伸介は頭ごなしに伸太郎を怒鳴《どな》りつけた。

「……いや、払ってないと思うんですけど……」

「払ってんだよっ、税金できっちりと。うちは人一倍払ってんのっ。法人税、所得税に住民税、固定資産税……。うちの車なんてどこ止めたっていいんだよ。伸太郎っ、おまえ、道は広く歩けよ。そこらへんの道はな、おまえ、全部おれの税金で作ってるようなもんなんだからな!」

伸介の論理は強引《ごういん》だ。伸太郎が困《こま》って頭をかいたが、亜弥は知らんぷりでクラブを磨いている。

「給食費も同じ。おれの税金で国は子どもを育てる義務があんの! それを義務教育ってんだろっ。違うのか、おい?」

仲太郎の想像したとおり、父親からも母親からも給食費を引き出すのは無理そうだった。すごすごと自分の部屋へ引き下がった仲太郎は、これまで学校からもらった給食費の督促《とくそく》状《じょう》の束《たば》を引き出しから引っぱり出した。保護者宛のその封筒を仲太郎が渡しても、母親は開けてみることすらしない。仲太郎は、電卓で一カ月分を割り出した。シマケンの今月分を足すと未納額は一七万円にも達している。とても、仲太郎の自由になる額ではない。

仲太郎は大きなため息をついたが、はっと妹の貯金のことを思い出した。

夜遊びに行ったのか居間には両親の姿はなく、亜美がひとりでテレビを見ている。

「亜美、おまえ、親戚中《しんせきじゅう》かけずりまわってお年玉集めてたよね？　ちょっと、貸してくんない？」

亜美は仲太郎を無視してテレビに見入っている。

「ねえ、亜美ちゃん、貸ーして。絶対返すから！　ね、亜美ちゃん？」

仲太郎が精いっぱい媚《こ》びながらなおもしつこくせがむが、亜美は振り向きもしない。仲太郎は思わず怒鳴《どな》った。

「おいっ、亜美！」

「絶対やだ！」

やっと振り向いた亜美は仲太郎の鼻先《はなさき》でぴしゃりと言い放ち、自分の部屋へ入ってしまった。

「ちくしょ……かわいくねえヤツ」

一人しょんぼりと取り残された仲太郎の目の前に、あの巨大な壺《つぼ》があざ笑うかのように鎮座している。

夜もふけ、金八先生は今日もしゅうの家で寝巻《ねま》きに着替《きが》え、明日の支度《したく》をしていると背広のポケットのケータイが鳴った。電話をかけてきたのは大森巡査だった。仲太郎を捕まえたという。わけがわからず、金八先生はとりあえず服を着なおして、巡査の言うとおりに狩野鉄工《かのうてっこう》へと急いだ。

仲太郎の家の前では、大森巡査と、めずらしくうちしおれた仲太郎、それに仲太郎と仲のよい量太と車掌が待っていた。

「この家で壺が盗まれたっていうもんだから捜索《そうさく》してたらば、ハトが豆鉄砲《まめでっぽう》くらったみたいな顔の中学生が壺を売りに来たってんで、行ってみたらほれ、こいつらだ」

大森巡査がやってきた金八先生に愉快《ゆかい》そうに説明するのを、仲太郎は急いで訂正《ていせい》した。

「売ろうとなんてしてねえよ。ただ、ちょっとの間、質《しち》に入れて金借《かねか》りようと思ったんだ」

「どうして?」

金八先生が眉《まゆ》をひそめると、量太が代《か》わって答えた。

「給食費を払おうとしたんだ……シマケンの分も含めて」

金八先生は昼間の騒動《そうどう》も思い出し、仲太郎のことが哀《あわ》れになった。給食費の催促《さいそく》については、金八先生も以前に親の伸介や亜弥に会いに行ったことがある。しかし、まったく歯が立たなかった。仲太郎に責任がないことは金八先生もよくわかっている。千田《せんだ》校長は狩野家《かのうけ》の未払《みばら》いをよほど気に病《や》んでいたようだが、しゅうや崇史のこと、三Bたちの進路のことで手いっぱいの金八先生は、ついこの給食費の問題は後回《あとまわ》しにしていた。気にしないような顔をして、実は仲太郎は追いつめられていたのかもしれない。

長くつきあっているうちに、金八先生には仲太郎のはったりと気の小ささが表裏一体《ひょうりいったい》であることを知った。質屋《しちや》にも一人で行くのは心細くて、何か理由をつけて友だちについて行ってもらったのだろう。神妙《しんみょう》な顔で大きな壷の本体と蓋と台座《だいざ》の部分を持って並んでいる姿は、どこかおかしくさえあった。大森巡査は金八先生の袖《そで》をひっぱっていくと、そっと耳打《みみう》ちした。

「仲太郎のオヤジがよ、もっのすげえおっかねえオヤジでよ、自分たちだけじゃあやまれねえって言うからよ、頼む！　一緒についていってやってくれ」

巡査に頼まれて、金八先生も教え子三人に付《つ》き添《そ》って仲太郎の家に入っていった。

仲介は壷を見るなり、ひと言もいわず仲太郎の手からひったくると、明るいシャンデリアの下へ持っていった。

「大丈夫？　傷はない？」

亜弥も仲介同様、息子も巡査も金八先生も目に入らない様子《ようす》だ。

「よかった、無事《ぶじ》だ」

壷を抱きしめる仲介を見て、金八先生は仲太郎の顔を見た。横暴《おうぼう》な父親の前に青ざめて正座《せいざ》させられている少年は、三Bの教室の真ん中でいつも減《へ》らず口《ぐち》をたたいている仲太郎とは別人のようだ。仲介は安心すると、ソファにどっかりと腰をおろし、仲太郎の方をあごでしゃくり、なかば命令口調《めいれいくちょう》で大森巡査に言った。

「おまわりさん、こいつ、逮捕《たいほ》してくれ」

「えっ、逮捕って、息子《むすこ》でねえか!」

「泥棒《どろぼう》息子。その手が悪いのかい?」

伸介の横に座った亜弥が、伸太郎にじろりと冷《つめ》たい一瞥《いちべつ》を投げた。金八先生は思わず伸太郎をかばった。

「泥棒と申しましても、ただ単に質屋に運ぼうとしただけで……」

「これ、八〇〇万ですよ! それを黙って持ち出したんだ。これは立派《りっぱ》な犯罪ですよ。違いますか? たとえわが子でも、拾《ひろ》ったものは拾ったもの、盗《ぬす》んだものは盗んだもの。きっちり区別するのがおれのやり方なんだ。さ、逮捕してくれ」

「金八くん……」

大森巡査は救いを求める目で金八先生を見た。金八先生はうなだれている伸太郎を眺《なが》め、この機会に一気《いっき》に狩野家の給食費未納問題《きゅうしょくひみのうもんだい》に決着《けっちゃく》をつけてやろうと思った。そして、乱暴な伸介の口調《くちょう》とは対照的《たいしょうてき》な丁寧《ていねい》な口調で切り出した。

「伸太郎くんももう中学生です。それがいいことか悪いことかちゃんとわかっていると思います。警察に突き出す前に、なぜそんなことをしようとしたのか、そのわけを聞いてもらえませんか。さあ、伸太郎くん、お父さんにそのわけを話さなきゃ。ほら、わけを話してごらん」

「あの……」

「なんだ、さっさと言えよっ！」

「給食費を払おうと思ったんです」

「なにぃっ！」

「その話はさっき終わったでしょ！」

亜弥も、ぴしゃりと拒絶《きょぜつ》した。

「そういうわけにもいかなくて……給食費が払えないから給食を食べないって言っている子もいるし」

すると、亜弥の顔には侮蔑《ぶべつ》の笑《え》みが浮《う》かんだ。

「いるのよねえ、どこの世界にも、そういう要領《ようりょう》が悪いというかバカ正直なのがさ。そういう奴《やつ》ってさ、みんなには真面目《まじめ》で立派な人だとか言われんだろうけど、結局食うものも食えずに飢《う》え死《じ》にしたりするのよ」

「そうだ、バカはほっとけ。気がついたら人生の負け犬になってんだよ！　バカが」

「バッカみたい」

夫婦は意気投合《いきとうごう》して笑い、そばにいた小さな妹までが両親そっくりの笑い声をたてた。

すると、とつぜん伸太郎がガバッと立ち上がり、ものすごい勢《いきお》いで怒鳴《どな》った。

「おいっ！　バカって言い方はねえだろっ！」

金八先生たちは驚いて口もきけずに伸太郎を見た。伸太郎は怒りのあまり、恐怖《きょうふ》を忘れたかのようだ。

「シマケンはいいやつなんだよっ。だいたい、バカはおめえらの方じゃねえかよ。壺だの、ゴルフだの。そんなんだから亜美がこんなふうになんだよっ」

「なんだと、この野郎！」

伸介が立ち上がって吼《ほ》えた。大きな体でかぶさるように詰《つ》め寄《よ》られても、伸太郎は話すのをやめなかった。

「人のことを泥棒《どろぼう》呼ばわりしやがって。泥棒はてめえらの方じゃねえか。こんな壺買う金があったら、給食費払えよ！」

「この野郎っ」

伸介が伸太郎の首のあたりをわしづかみにした。あわてて金八先生と大森巡査が引き離そうとする。あわてたのは、亜弥も同じだった。この場で殴《なぐ》りあいになったのでは、醜《しゅう》聞《ぶん》を撒《ま》き散《ち》らすようなものだ。

「ちょっと、待って、待って」

仲太郎のことは眼中《がんちゅう》になかったが、亜弥も必死で仲介をなだめた。

「壷も戻ってきたんだしさ、今度のことはこれでいいってことにしない？　こんなことお得意さんにバレたらやばいしさ、あたし、明日の朝早くゴルフだし。ね、今日のとこはこれで」

亜弥の言い分にも一理あると思ったのか、仲介はつかんでいた手を放した。亜弥は大森巡査にとってつけたようなお辞儀《じぎ》をした。

「ああ、おまわりさん、どうも。さ、もう帰ってちょうだい」

そのあけすけなやりとりを見守っていた大森巡査も金八先生も、二《に》の句《く》がつげなかった。

仲介は手を放した後、威嚇《いかく》するように仲太郎に言い渡した。

「言っとくけどな、勘弁《かんべん》してやったわけじゃねえからな。給食費は払わないっ。おまえの好き勝手にやられてたまるか」

「お父さん、その件に関しては学校側とですね……」

金八先生が間に入ったが、怒《いか》り心頭《しんとう》に発《はっ》した仲太郎には耳に入らない。

「おめえらが給食費払うまで、おれは何にも食わねえからなっ。ハンストだ！」

大またに居間《いま》を横切り、ドアのところで叫《さけ》ぶように宣言すると、仲太郎はドアを叩《たた》きつけて出て行った。

「勝手にしろっ」

「ああ、もうこんな時間になっちゃって」

ここまで仲太郎が真剣に怒っていても、亜弥がなんとも思っていない風なのには、金八先生もあきれはて、あらためて仲太郎に同情したのだった。一部始終《いちぶしじゅう》を見ていた量太と車掌もまた仲太郎と同じく怒りにふるえていた。

翌日、仲太郎は学校に来なかった。自室でハンストを決行《けっこう》したのである。おそらくハンストは、自分の息子に興味のない伸介と亜弥にはもっとも効果のない抗議の方法だった。けれど、仲太郎の頭には金八先生が言った「命をかけての闘争《とうそう》」という言葉が印象深く残っていたのである。

しかしその闘争の相手は、もう仲太郎が部屋に閉じこもって命をかけて空腹《くうふく》とたたかっていることなど、すっかり忘れていた。たとえ思い出しても、たいして気にとめなかっただろう。伸介の論理から言えば、飢《う》えるほうがバカなのだった。家の中はみな出払《ではら》って、伸太郎はすることもなく寝そべっていると食べもののことばかりが頭に浮《う》かんだ。

しかし、伸太郎は決して孤立無援《こりつむえん》なのではなかった。その日、三Bの教室は、朝から伸太郎の噂《うわさ》で持ちきりだった。伸介の横暴《おうぼう》に怒った量太と車掌は、昨夜の出来事を何度でも詳《くわ》しく語ってきかせたのである。

「伸太郎の親父は最低最悪の奴《やつ》だぜ。自分んちの子どもを泥棒呼ばわりして警察に突き出したんだ」

「伸太郎は自分ちの壷を質屋《しちや》に入れて、シマケンの分まで給食費を払おうとしたんだ。でも、オヤジは超ムカツク野郎でさ、ほんとに考えられねえ」

三Bたちの胸はいまや見も知らぬ伸介に対する怒りではちきれそうだった。そして、同時に、昨日、伸太郎をひどくつるしあげたことを悔《く》やんだ。こうして伸太郎のハンストのニュースは三Bでは英雄扱いされたが、一方、職員室では迷惑がられていた。

「また三Bですか。坂本先生は、今がどれだけ大変な時期かわかってらっしゃるんですかっ。三年生は受験の真っただなかにいるんですよ」

国井教頭が金八先生を怒鳴る声は職員室中に響きわたっていた。金八先生は頭を下《さ》げながらも、伸太郎を励《はげ》ます気持ちは変わらなかった。

「伸太郎は今、とにかく給食費全額を父親に払わせようとたたかっているわけですから」

「それはそうですが、何も今やらなくてもねぇ」

他の教師もなんともいえない顔で、問題続きの三Bの生徒たちの受験を思いやっているようだった。一方、同じ給食費未納《みのう》でも、シマケンの家は役所から生活資金の借り入れができるようになり、父親が電話で泣きながらお礼を言ってきたばかりだった。あまりにギャップのある父親像を目の当《まあ》たりにし、金八先生はつくづく伸太郎に同情した。

その日の三Bは伸太郎一人が抜けただけで、やけに静かだった。シマケンはハンスト中だという伸太郎の空席をずっと気にしていたが、給食の時間になると、いっそう伸太郎のことが気になって、食べ物がのどを通らない。自分の給食費まで払おうとしていたと聞いて、なおさら胸がいっぱいになる。

「シマケン、どうした？　給食費の問題は目途《めど》がついたんだよ」

「違うんです……申しわけなくて」

伸太郎のことを考えているのはみんな同じだ。

「先生、なんとかなんないの？」

量太の質問に金八先生は首を横に振った。

「伸太郎は自分の問題としてたたかっているんだ。これは親子のたたかいだから、一人でやんないと意味ないんだ」

「でも……」

結局、伸太郎は最後まで学校に来なかった。

「やっぱり、伸ちゃん、来なかったね」

車掌と量太は心配して顔を見合わせた。三Bたちは伸太郎のことを噂《うわさ》しながらも、いつものように友だち同士連れだって帰って行こうとしたとき、一日中無口だったシマケンが急に叫んだ。

「ちょっと待って！　みんな帰らないで！」

みんなが足をとめて、シマケンに注目する。

「ぼくたちで伸太郎のために何かできることないかな。受験終わった僕が、まだこれから受験のあるみんなに言うのもなんだけど……でも、なんかしてやりたいんだ。ダメかな？」

何をしたらいいのか、シマケンにもわかっていなかった。何もできない、と金八先生は言っていた。けれど、量太はシマケンの言葉を待《ま》ち構《かま》えていたかのように、即答《そくとう》した。

「おれはやるよ。な、車掌」

「うん、もちろん」

昨日、仲太郎にきつい言葉を浴《あ》びせたことをずっと後悔していた奈穂佳も、にっこり笑った。

「私も」

賛成の声が続々とあがっていった。

「よしっ、受験勉強一日ぐらい休んだってバチあたんねえよな。やろうぜ!」

直明が威勢《いせい》よく言った。三Bのお祭り心に火がついたらしい。放課後の教室で、三Bたちは頭をつきあわせて知恵をしぼった。


仲太郎は空腹のあまり勉強も手につかず、家の中に置いてある菓子類のまわりをそわそわと歩き回っていた。学校から帰ってきた亜美が、そんな兄の様子《ようす》をにやにやしながら眺《なが》め、聞こえよがしに言う。

「桜中の今日の給食、ビーフシチューとチーズはんぺんフライだよ」

「おれも食いてえなぁ。え、でも、なんで、おまえ知ってんの?」

亜美はまっすぐ窓を指差《ゆびさ》した。窓に寄ってみると、表の道路に量太と車掌が立ち、しきりと手招《てまね》きしている。仲太郎が出てくると、二人は仲太郎をどんどん商店街の方へ引っ張って行った。

この町で一番にぎやかな通りまで来ると量太が立ち止まり、向こうの制服の群《む》れを指さした。指の先には通行人に懸命に呼びかけながらビラ配りをする三Bたちの姿があった。

驚く仲太郎に、量太はポケットからビラの一枚を引っ張り出して見せた。

給食費未納撲滅《きゅうしょくひみのうぼくめつ》キャンペーン！！

狩野鉄骨工業《かのうてっこつこうぎょう》の社長は給食費を払っていない！

すぐに支払うべきだ！！　署名《しょめい》にご協力下さい！！！

太いマジックで書かれた字の下に、鬼《おに》の角《つの》を生《は》やした仲介と亜弥らしき人物と涙を流している制服の子どもの漫画《まんが》が描かれている。広いおでこと丸い目が仲太郎にそっくりだ。

「デカあすが描いてくれたんだぜ。シマケンがみんなに提案してさ。ここだけじゃなくて、駅前とかサンロードとかも手分けしてやってんだ」

量太が誇らしげに報告する。ビラを配っていたシマケンが仲太郎の姿を見つけて、にこにこ笑いながら手をふってきた。

「おーい!」

気がついた奈穂佳や有希、和晃と孝太郎も、走ってきて仲太郎を取り囲《かこ》んだ。

「仲太郎! ひどいこと言ってごめんね」

「私も言い過ぎた」

皆が口ぐちに謝り、シマケンは心配そうに仲太郎の顔をのぞきこんだ。

「迷惑だったかな?」

感動した仲太郎は無口だった。口を開くと泣いてしまいそうだったのだ。

「いや……迷惑じゃなくて……みんな受験勉強とか……」

仲太郎は照《て》れて聞き取れないほどの声でつぶやいた。

「何言ってんだ。気晴《きば》らし、気晴らし!」

量太に背中を勢いよく叩《たた》かれ、やっと仲太郎にいつもの調子《ちょうし》が戻ってきた。

「よしっ。いっちょやるか!」

仲太郎を中心に三Bたちは再びわっと駆け出した。スーパーさくらのコピー機を借りてビラが刷られ、署名は着々《ちゃくちゃく》と集められた。安井病院の崇史も署名で参加した。

ビラ配りや看板《かんばん》制作に散っていた三Bたちは夕方、決められた場所に全員集合した。さくら食堂の比呂や弁当屋の典子は温かい差し入れを袋いっぱい抱《かか》えている。哲史は風邪《かぜ》をひかないようにと雪だるまのように着ぶくれていた。

「あれ、しゅうは？」

集まった顔ぶれの中にしゅうがいないのに気づくと、舞子は自分が呼んでくるといって、しゅうの家へ走って行った。

「さあ、いよいよだ！」

みんながこれから向かうのは狩野鉄工の事務所だ。続きの建物の工場には、文化祭のとき、ソーラン節の練習をしに何度か行ったことがある。そろいの白い鉢巻《はちまき》をしめ、伸太郎が仲間たちと工場の横を通っていくと従業員の一人が声をかけてきた。

「坊ちゃん、また踊りの練習ですかい」

「クソオヤジに伝えとけ！　てめえの息子をなめんなってな！」

伸太郎は威勢《いせい》よく怒鳴《どな》った。従業員が血相《けっそう》を変えて、社長の伸介に報告に来たときには、三Bたちは事務所の向かいのビルの屋上《おくじょう》に陣取《じんど》っていた。

給食費を払わない伸太郎の父を糾弾するため、三Bたちは狩野鉄工の屋上から巨大な垂れ幕を吊り降ろし、みんなで叫んだ。「給食費の未納分、すぐ払え！」

「せーの！」

子どもたちの掛け声とともに、屋上から巨大な垂《た》れ幕《まく》が下《さ》げられた。そこには大きな文字でこう書いてあった。

『未納オヤジ、給食費払え』

伸介の顔はみるみる真っ赤になった。ハンドマイクをつかみ、外へ走り出た伸介は額《ひたい》に青筋《あおすじ》を浮《う》き立《た》たせ、屋上の子どもたちに向かって怒鳴《どな》った。

「この野郎っ！　何やってんだ、おまえらっ」

「給食費の滞納分《たいのうぶん》、全額すぐ払え！」

「支払うまで絶対ここを一歩も動かない

からなっ」

「ハンストだ！」

答えがいっせいに返ってきた。伸介は歯噛《はが》みして、群《むら》がってきた従業員に命令した。

「あいつらひきずりおろせ」

作業服の男たちが急いで走っていったが、屋上へ上がる階段の扉《とびら》は鍵《かぎ》が閉まっている。ガタガタやっていると、上からいきなりと水がザーッと降ってきたからたまらない。見上げると、少年がペンキの缶を振ってニヤニヤしている。これでは鉄工所の男たちも歯がたたない。伸介は本気で怒っていた。

「おい、おれは昇《のぼ》り竜《りゅう》のカノシンと呼ばれた男だ。今なら許してやるから、下りてこいっ！　おれは絶対に給食費は払わねえっ！　てめえら図《ず》に乗ってると、しまいにゃ骨の二、三本……」

「伸太郎のためなら骨の一本や二本、くれてやらあ！」

叫び返したのは、父親の啖呵《たんか》を聞いて育った下町の子らだった。一致団結《いっちだんけつ》した三Bたちはもはや何もこわくなかった。

「三Bパワーだ！」

「ソーラン魂《だましい》だ！」

「金払え！　金払え！」

暮《く》れた空を背に大合唱が響《ひび》き渡《わた》り、道行く人びとが何ごとかと立ち止まる。三Bたちは、見物人に向けて屋上からビラを撒《ま》き散《ち》らした。


伸介の学校への抗議の電話を受けて、金八先生が現場へ駆けつけたとき、工場の前にはかなりの人だかりができていた。

「おう、先生、おたくのバカガキどもはどうなってんだよ。あんた、学校でいったい何教えてんの」

金八先生の顔を見るなり、伸介はくってかかった。しかし、同時に直明のよく通る声が屋上からとんできた。

「先生、止めても無駄《むだ》です！　ぼくら、給食費払ってもらうまでここを動きません！」

金八先生はまっすぐに屋上への階段へ向かった。

「早く開けなさいっ。誰でもいいから」

しばらくして、直明が扉を開けた。金八先生は厳《きび》しい顔で屋上の三Bたちのもとへ上がっていく。伸介はやれやれとため息をついた。仲太郎が下《さ》りてきたら、集まってきた従業員や世間にかかされた赤恥《あかはじ》の償《つぐな》いはきっちりさせてやるつもりだった。

金八先生と向かい合うと、騒いでいた三Bたちはさすがにしんとなった。

「仲太郎、いったいどういうことなんだ?」

しかし、直明が答える隙《すき》を与えなかった。

「僕らがやろうと言ったんです」

「すみません。もとはといえば、おれが……」

責任を感じて仲太郎は、しょげかえっていた。すると、シマケンが仲太郎をかばうように前に立った。

「先生は仲太郎の問題だといったけど、三Bの問題だと思うんです」

共感の声が次々とあがる。その輝く目を見ていて、金八先生は恥《は》ずかしくなった。

「いや、違うな……。これは私の問題だ。受験の大事な時期にみんなにこんなことをさせてすまなかったな。さぁ、さっさとカタをつけようや」

金八先生はにかっと笑うと、柵《さく》のそばへ歩み出て、地上の従業員たちや見物人を見下《みお》ろした。そして、朗々《ろうろう》とひびく声で国語の公開授業をはじめたのである。

３Ｂたちの騒動に何事かと集まった人だかりを前に、金八先生は国語の公開授業を始めた。それは「天網恢恢疎にして漏らさず」のことわざから始まった。

「皆様方、お騒がせしております。私、桜中学の坂本金八と申します。先ほど狩野社長の方から、学校は何をやっているのだという厳しいご指摘《してき》をいただきました。その答えも兼《か》ねましてですね、せっかく皆さんもこうして集まっていらっしゃいますので、ぜひ、国語の授業を参観していただこうというふうに思います。これから始めますので、どうぞお付き合いくださいませ」

金八先生は立ち去ろうとしていた野次馬《やじうま》をもひきとめてしまった。従業員たちも好奇心に満ちた目を向けている。タイミングの悪いことに、亜弥が岩見建設の社長を伴って帰ってきた。何も知らない社長は面白《おもしろ》そうに、観客の仲間入りをしてしまい、伸介は頭をかかえた。

伸太郎にとって、一生忘れることのできない金八先生の授業がはじまった。

「——天網《てんもう》恢恢《かいかい》疎《そ》にして漏《も》らさず。昔のことわざでこんな言葉があるのを知っているかな?」

生徒たちはきょとんとしたが、岩見社長を含め、参観客の中にはいくつもうなずく顔がある。

「天網《てんもう》恢恢《かいかい》疎《そ》にして漏《も》らさず。この夜空の星のその向こう側からじっと地上を見つめる目がある。神様の目と言っていいでしょうね。私どもがするズルやごまかしなど、全部その目が見ておりまして、すぐにばれてしまうということわざであります。今ふうにいえば、パソコンのインターネットというところでしょうか、あの電脳《でんのう》サイトにズルやごまかしを書き込まれてしまいますと、たちまち世界中にばれてしまうというわけでございます。

従業員の方に野球がお好きな方はいらっしゃいますか? プロ野球なんかもそうですが、バットを振ったのに振らないなんていう選手、みっともないですな。サッカーにいたしましても、手を使ったのに使わなかったなんて抗議する選手がおりますが、あれもみっともないものでございますね。すぐにばれてしまうんですよね、そういうウソって。たとえて申しますならば、ゴジラ松井、イチローなんて、そんなことはしません。ベッカム、中田、そんなことは絶対しません。彼らがすごいのは、一流の人たちは、勝利をつかんだ瞬間、こぶしを天に向かって突き上げますな、あるいは両手をひろげて天を見上げ、あるいは両手を合わせ天にむかって感謝をしています。そうです。ズル、ごまかしをしない人は堂々と天を見上げることができるんです。

狩野社長、あるいは従業員の方々は鉄骨でビルを建てるというお仕事をなさっております。これぞまさしく天を相手のお仕事。子どもたちの失礼は深くお詫《わ》び申し上げます。ただ、ご子息《しそく》仲太郎君の三年間の給食費、どうぞよろしくお願いいたします。私は社長を信じております。人々は噂《うわさ》しております。社長こそ、足立区の〝地上の星〟だと！」

そういって、金八先生は終始《しゅうし》にこやかな表情のまま、屋上からまっすぐに伸介を指さした。人々の視線が伸介に突き刺さる。調子に乗った三Bたちがバックコーラスを入れ始める。伸介はいたたまれなくなって、叫んだ。

「わかった、わかったよ。家に取りに来てくれ」

夜空《よぞら》にわっと歓声《かんせい》があがった。仲太郎は喜んだ三Bたちにもみくちゃにされた。

三Bたちの祝福《しゅくふく》の声に送られ、金八先生は伸太郎とともに狩野家へ行った。居間に通されると、伸介は金八先生の目の前のテーブルに札束《さつたば》を投げた。

「釣りはいらねえよ」

「そういう金の渡し方、ねえだろっ」

伸太郎がかっとなって抗議したが、伸介は息子の顔を見ようともしなかった。

「まったく、金をドブに捨てちまったようなもんだよ」

伸介の言葉に金八先生のこめかみがピクリとひきつった。しかし、伸介にとって金八先生もまた伸太郎以上の興味をひく存在ではなかった。伸介はソファに身を投げ出すと、ゆうゆうと葉巻《はまき》に火をつけて言った。

「おれはさ、学校の勉強はからっきしダメだったけど、一代でこの会社築《きず》いて、不景気にも負けずに稼《かせ》いできたんだ。学校で教わったことなんかよ、社会に出りゃ屁《へ》の役にも立たねえんだよ」

「なことねえよ、仲間がいらあ」

そうさえぎった伸太郎を伸介は小ばかにした目で見た。

「信じられるのはカネとモノ。友情なんてもろいもんよ。すぐにこわれっちまうんだよっ。

だいたいよ、あんな仲間だったら助けてもらっても屁の役にも立たねえだろうけどよ」

仲介はそう言いながら鼻で笑った。亜弥は慣れっこになっているのか夫の言葉を気にとめるふうでもなく、金八先生がお釣りを数えるのを見つめている。しかし、伸太郎は目にいっぱいの涙をためたままつかつかとサイドボードの前へ行くと、飾ってあった仲介のコレクションをはたき落とした。派手《はで》な音をたてて、花瓶《かびん》や壷《つぼ》の破片《はへん》が飛び散った。

「伸太郎っ！」

亜弥が悲鳴をあげた。

「友情がもろいとか言うのかよっ！　壷だってすぐ壊れるじゃねえかよっ」

伸太郎がまっすぐに例の八〇〇万の壷に向かうのを、仲介はタックルしてとめた。

「この親不幸めが！」

伸太郎の頰《ほお》に手加減《てかげん》なしのパンチが炸裂《さくれつ》した。止めに入った金八先生もはねとばされた。

仲介の手の下で、伸太郎が急に大きくなったようだった。

「てめえ、先生に何すんだよっ」

仲介ははじめて息子の本気の一撃をくらっていた。予想を超《こ》える力にたじろぐ仲介に、伸太郎がなおもとびかかっていこうとするのを、金八先生が一喝《いっかつ》した。

「やめろ！　伸太郎、やめなさいっ」

伸太郎はふりあげた拳《こぶし》をゆっくりとおろした。

「大丈夫だ、伸太郎。おまえは親不孝じゃない。な、おいで」

金八先生の声は優《やさ》しかった。伸太郎の肩を抱いて、金八先生はゆっくりと話しかけた。

「子どもが親にしなければならないことは一つ。少しずつ成長すること、その成長をきちんと親に見せること。な、おまえは成長してる。おまえは親孝行だ。子どもの成長が見たくないっていう親がいるんだったら、ドブに放《ほう》り込《こ》め」

伸太郎に向けて優しく語りかける言葉は、伸介と壷を抱きかかえている亜弥への鋭い針《はり》のような批判を含んでいた。金八先生は愛《いとお》しそうに、伸太郎の肩をたたいた。

「人間の値打ちというのはね、心の中にいくつ壊れないものを持っているかで決まるんだ。君は持ってる。友情ってやつだ。値打《ねう》ちがあるんだぞ、大事にしろな」

伸太郎はかすかにうなずいた。

「うん、それじゃ」

金八先生は伸太郎に笑顔で応《こた》え、出て行くときに、もう一度、伸太郎の両親を振り返った。

「お父さん、お母さん、子どもは親の背中を見て育つと言います」

二人とも気まずい思いで目をそらしている。

「壷なんか見せて、どうすんですかっ!」

それは、伸介もとび上がるほどの怒鳴り声だった。石のように固まっている二人に一礼して、金八先生は狩野家をあとにした。すぐに、伸太郎が追いかけて走り出てきた。

「先生!」

ふりむいた金八先生はいつもの穏《おだ》やかな笑顔だ。

「先生、言い過ぎちゃったかな? ごめんな、伸太郎。でも、おまえの今の気持ち、いつかきっとお父さんもわかってくれると思うんだ。それより、明日、学校出て来いよ。大事な時期だからな」

伸太郎はうなずくのが精いっぱいのようだった。

「じゃ、明日な」

歩き始めた金八先生の背中に、伸太郎が呼びかけた。

「先生、いろいろ迷惑かけてすみませんでした。今度はけんかじゃなくて、ちゃんと話し合いたいと思います……あんなんでもおれの父親だし」

礼儀正しく頭を下《さ》げた仲太郎を見て、金八先生は目を丸くした。

「おい、仲太郎。おまえ、タメ口なおったな」

「……知らねえよ」

照《て》れくさそうに言って、仲太郎は家の中へ走り込んでいった。

——が、すぐに、仲太郎は戻ってきた。そして、遠ざかる恩師《おんし》の後ろ姿に向かって、深く頭を下《さ》げたのだった。

V　それぞれの道

明日はバレンタインデーという日、風邪で寝込んでいた金八先生の家に、ヤヨ母子が訪れた。持って来てくれたのは、ヤヨの手作りのかわいいチョコだった。

泥のような眠りからゆっくりと目覚めたとき、しゅうは台所の方に人の気配《けはい》を感じた。重いまぶたをあげると、女の人が近づいてくるのがぼんやり見える。その顔がだんだん大きくなって、なつかしい笑顔になった。

「しゅう」

「……母さん、帰ってきたの？」

光代はしゅうの横に膝《ひざ》をついて、甘《あま》く微笑《ほほえ》んだ。

「あんまりよく寝ていたから、起こしたらかわいそうだと思って。しゅう、今までごめんね。母さん、がんばってやり直すから、許してね」

それは、しゅうが何度も夢見た、昔と同じ母親の声、昔と同じ母親の微笑《びしょう》だった。

「母さん！」

しゅうは母親の腕に身をなげた。放《はな》したらまた消えてしまうとでもいうように、しっかりしがみついて泣いた。

疲れているはずの光代はまったくそんなそぶりは見せず、しゅうのために料理の腕をふるった。食卓《しょくたく》にはしゅうの好物《こうぶつ》が並び、湯気《ゆげ》をたてている。久しぶりに部屋に灯《あか》りがともったかのような気がする。しゅうは、母親と向かい合って座《すわ》り、満ち足りた気分でその顔を見つめていた。

「冷めないうちに食べましょ、しゅう」

「うん」

光代に促《うなが》されて箸《はし》を手にしたが、しゅうの胃は大好物のはずの母親の手料理を受け付けない。母を落胆《らくたん》させまいと、しゅうは食べ物を口に運んでそしゃくするのだが、どうしてもそのまま呑《の》み下《くだ》すことはできない。水で流しこむようなその食べ方は、どう見ても不自然だった。結局、残ってしまった料理を、光代は何も言わずにそっと片付《かたづ》けた。しゅうとの新しい暮らしは始まったばかりなのだ。光代はしゅうの母親として真剣にやり直そうと思っていた。


光代が帰ってきて、金八先生はほっと胸を撫《な》で下《お》ろした。これで、しゅうはきっと元気になるだろう。

崇史も順調に快方《かいほう》に向かい、伸太郎の給食費も全額支払われ、しゅうの母親も帰ってきた。心配事の数がいっきに減ると、緊張の糸が切れたのか、その週末、金八先生はめずらしく熱を出して寝込《ねこ》んでしまった。

「しょうがないよ。お父ちゃん、お正月からずっと休みなしだったもの。自分の布団でゆっくり寝られなかったしね」

乙女は自分が家事や毎日の弁当づくりで大変だったことは言わず、かいがいしく父親の世話をしていた。金八先生は、今日だけは、と娘に甘えられることの気持ちよさをひそかに楽しんでいた。しかし、その夢もすぐにチャイムの音で破《やぶ》られた。

「三Bの子が来たよ」

幸作が告《つ》げると、布団《ふとん》の中で金八先生はそうぞうしい伸太郎やサンビーズたちの顔を思い浮かべてげんなりした。ところが、来訪者がめずらしくヤヨだと知ると、ぱっと布団をはねのけた。

玄関には、母親の昌恵《まさえ》に付《つ》き添《そ》われて、ヤヨがにこにこして立っていた。マスクにマフラーまでした重装備《じゅうそうび》の金八先生の姿を見て、昌恵はすまなさそうに頭を下《さ》げた。

「先生、お風邪《かぜ》でしたか。お休みのところ申しわけありません。弥生《やよい》がどうしても先生にチョコレート渡したいって言うもんですから」

「チョコレート?・」

ヤヨはこっくりうなずいて、リボンのかかったかわいらしい包みを金八先生の胸の前に差し出した。

「明日のバレンタインデーには一日早いですけど、学校でお渡しするのは禁止だとうかがったので」

昌恵の説明で、金八先生はようやく事態《じたい》をのみこんだ。

「いやあ……先生感激だな。さあ、あがって。お母さんもどうぞ」

「でも、先生お風邪じゃ？」

「いや、それがちょうど良くなったとこなんです。もう、このとおり、すっかり元気です。なあ、乙女？」

さっきまで布団でうなっていた父親が、ぶんぶん腕を振ってみせるのを見て、乙女は苦笑した。ヤヨの笑顔とチョコレートは、どんな薬よりも効《き》いたらしい。ヤヨと昌恵を居間へ招《まね》き入れ、金八先生はみんなの前でかわいらしい包みを開いた。

「うわぁ、かわいい！」

小箱をのぞきこんだ乙女が声をあげた。箱の中には宝石のような色とりどりのトリュフがきちんとならんでいる。

「すげえ……」

幸作も目をうばわれている。

「毎年、一人で作るんですよ」

いつもと変わらぬ笑顔のヤヨを、昌恵がちょっと誇《ほこ》らしげに見た。金八先生はひどく感心し、そっと蓋《ふた》をもとに戻すと、ヤヨが黒い目をひたと金八先生に向けた。

「食ベテ」

「いや、しかしね、これは食べられないな。もったいなくて……。うん、これは大事にしまっておくから」

「食ベテ。オイシイヨ」

「食べてあげてください」

「そうですか……じゃ、ひとつだけ」

金八先生は緊張しながらピンク色のトッピングのかかったチョコレートを口に入れた。たちまち金八先生はとろけるような笑顔になった。

「なんせ教師生活三〇年で初めてですから、チョコレート」

幸作が茶化《ちゃか》しながら横からのばした手を金八先生はぴしゃりと叩《たた》いた。

「さわるなっ。これはヤヨがお父ちゃんのために作ってくれたのっ」

箱の中身をじっと見ていた乙女は、急にヤヨの顔をのぞきこんだ。

「ねえ、ヤヨちゃん、これって作るの難しいの？」

「カンタン」

「あたしでも作れるかな？　作り方、教わっちゃおうかな？」

「イイヨ」

ヤヨと乙女、幸作はいそいそと台所へ消えた。その背中をにこにこと見送ると、昌恵は真面目《まじめ》な表情になって切り出した。

「先生、弥生の就職のことですが、今週、面接に行ってまいります」

「では、やはり東亜商事《とうあしょうじ》の方へ？」

「はい。仕事はおしぼりをたたむ仕事で、あそこの社長さんは、以前から障害者《しょうがいしゃ》の雇用《こよう》に積極的でとても信頼できる方なんです」

よく考えた上での結論なのだろう。昌恵の目は真剣で、迷《まよ》いの色はない。

「そうですか……ヤヨはやはり就職ですか」

「はい」

「わかりました。何か私にできることがありましたら遠慮《えんりょ》なくおっしゃってください」

「ありがとうございます」

昌恵は丁寧《ていねい》に頭を下《さ》げた。

その後、金八先生はまた布団《ふとん》にもぐりこみ、昏々《こんこん》と眠った。夕方、目が覚めると熱もひいて、少し頭がすっきりしたようだった。起き出してくると、台所で乙女が鼻唄《はなうた》をうたいながら、洗い物をしている。テーブルの上に、リボンのかかった袋が三つ置いてあった。どれも中には乙女がヤヨに教わって作ったチョコレートが入っている。ただ、袋の大きさがいちじるしく違うのだった。

「はい、お父ちゃん、これあげる」

乙女は皿を片付けるついでに手を伸ばして、一番小さな袋を父親に差し出した。

「幸作、ここに置いとくよ!」

乙女は居間で勉強している弟に、中くらいの袋を振ってみせた。金八先生の目はテーブルの特別大きな袋に吸い寄せられた。

「お姉ちゃん、このどでかいのは誰にあげるんですか?」

「そりゃ、決まってるでしょ」

答えたのは幸作だ。幸作はさっそく袋をあけて、チョコレートをほおばっている。金八先生の目つきが険《けわ》しくなった。

「決まってないから、聞いてるんでしょ。誰にあげるんですか」

詰問調《きつもんちょう》で聞いてくる父親を、乙女はけむたそうに無視した。

「いいじゃないよ、誰にあげたって」

「よくないっ、よくないよ」

「そんなムキになるかな、チョコくらいで」

幸作にあきれられても、金八先生は冷静ではいられなかった。

「チョコくらいとは何だ。重大な問題ですよ、これは」

「お父ちゃん、更年期《こうねんき》じゃないの？　男の人にもあるんだってよ、更年期」

乙女が冷たい目でやり返した。この話題に関しては余裕《よゆう》のない金八先生はいつだって不《ふ》利《り》なのだ。

「バカ言ってんじゃないよ……じゃ、いいや、これはお父ちゃんがもらっておきます。そいつのはこれでいいや」

金八先生は乙女からもらった小さな袋を返し、テーブルの大きな袋をがばとつかむと、乙女がとめる間もなく、袋をあけて中のチョコレートを口に入れた。乙女が悲鳴をあげた。

翌日、三Bでもカバンの中にチョコレートの包《つつ》みをしのばせ、顔を紅潮させて登校した女子もいたが、話題の中心はやはり受験だった。私立の一般入試の結果が出たのである。それほど受験勉強に必死になっていたようには見えなかった舞子が開栄に受かったと聞いて、一同はどよめいた。和晃、ちび飛鳥、有希もそれぞれ第一志望の高校に合格を決めた。進路の決まった仲間にみんなが祝福《しゅくふく》の拍手《はくしゅ》をおくると、突然、哲史が机に突っぷして泣き出した。開栄に失敗したのだ。

「元気出せ、哲史」

量太が肩にかけた手を、哲史は乱暴にふり払った。哲史が落ち込むのも無理はない。これまで人の何倍も受験にかけてきたのだから。金八先生はその気持ちを察して、なだめるように声をかけた。

「哲史」

しかし、哲史は悲痛な叫びをあげた。

「開栄に行くために毎日血のにじむ努力をしてきたのに……僕の中学校生活は何だった

んだっ」

「残念だったね、哲史……でもね、君はやるだけのことはやったんです。結果はダメだったけど、君が三年間努力したことは決して無駄にならないから。それに、開栄だけが高校じゃないぞ。後になって開栄に行かずによかったと思う日が来るかもしれないよ」

「そんなの詭弁《きべん》です」

哲史がこぶしで激《はげ》しく机を叩《たた》く。金八先生は穏《おだ》やかに首を横に振った。

「詭弁なんかじゃないよ。現実に、開栄は落ちたけど、そのあと都立高校から東大に入った卒業生もいるんです。その反対にね、せっかく開栄に入っても、ついていくのがやっとで、結局中退しちゃった子もいたんだ」

「開栄じゃなきゃ、高校へ行く意味はありませんっ」

「何言ってるんだ。早く気持ちを切り替えなさい！　はい、みんなにも言っておきますが、目標は第一志望校ではありません。自分の意志と力で進路を決定すること、それがいま試されているんです。なあ、哲史、次に目指す青嵐《せいらん》だって、なかなかの難関校じゃないか」

「そうだ、哲史。今、三Bは波に乗ってんだから、おまえもがんばれ！」

ムードメーカーの量太の励《はげ》ましに、三Bたちの声が重なりあった。すると、金八先生の話にじっと耳をすませていたヤヨが突然手をあげ、すっくと立った。

「ヤヨの高校はどこ?」

「えっ?」

不意《ふい》の質問に面くらう金八先生に、ヤヨは繰り返したずねた。

「ヤヨの高校はどこ?」

「そ、そうだね……。でもね、ヤヨ、お母さんから聞いているだろ? ヤヨは高校に行かず、みんなより一足先に就職することになってるんだ。そうだよね?」

初めて聞くヤヨの進路に、三Bたちはどよめいた。ヤヨはそのどよめきの中に立って泣きそうな顔をした。

「ミンナト一緒」

「ヤヨ」

昨日、昌恵から会社の面接があると聞いたばかりだ。金八先生は驚いてヤヨを見つめた。

「ミンナトイッショ、ミンナトイッショ、ミンナトイッショ……」

ヤヨはパニックを起こし、言葉が止まらなくなった。

「大丈夫よ、ヤヨ。落ち着いて」

祥恵と奈穂佳が駆け寄って肩を抱いてやっても、ヤヨのパニックはおさまらない。仕方なく、金八先生はヤヨを保健室に連れていった。授業が終わると、本田先生が職員室に報告にやってきた。心配顔の金八先生に、本田先生はいつものように頼《たの》もしく微笑《ほほえ》んだ。

「ヤヨはどうにか落ち着きました。もうすぐお母さんが見えるそうで、今ケアセンターの杉田さんが見ていてくださっていますが……。ヤヨはいつまでもみんなと一緒にいられると思っていたんですね。それが進学先の話になって、みんなが別々の学校へ行くことに急に気づかされたんじゃないでしょうか。みんなと引き離されてしまうと思ったから、自分も高校へ行くと言い出したんだと思います」

「なるほどなぁ……」

本田先生の言葉に、金八先生はうなずいた。ヤヨの気持ちについては昌恵が一番よくわかっているだろうから、とまかせきっていたが、実のところ、就職の話をヤヨは納得しきれていないのかもしれなかった。養護学校という選択肢《せんたくし》も示したのだが、心臓に持病《じびょう》を持つ昌恵は、自分に万一のことが起こる前に早くヤヨを自立させたいと話して、最初から進路は就職と決めているようだった。余裕《よゆう》があれば、学校へ行ってからでもいいのかもしれない。が、一日も早く社会に順応《じゅんのう》させるためには就職を、という昌恵の切実《せつじつ》な気持ちは、金八先生にもよく理解できた。そして、東亜商事《とうあしょうじ》のような職場が見つかったことは、とても運がよいことと思えた。

ヤヨが母親に連れられて帰ってしまったと聞いて、三Bたちはしょんぼりとなった。いつでもヤヨと一緒にいた祥恵たちは、これまでヤヨと卒業後のことを話したことがなかったことにあらためて気づき、悔《く》やんだ。

「おれは、ヤヨと一緒に高校行きてえよ」

伸太郎が嘆息《たんそく》した。その気持ちは、みんな同じだ。誰もがヤヨを愛していた。そしてまた、みんなで面倒《めんどう》を見ていたヤヨがこの後すぐに社会に出るのだと聞いて、何かおそれのような気持ちも抱いた。

「中学出てすぐに働けるなんて、すげえよなあ」

「うん、私には無理」

それらの話の輪の外にいて、しゅうは自分の進路のことを考えた。どんな仕事でもかまわない。就職して光代を助けよう、としゅうは決めていた。けれど、しゅうにはまた大きな不安があった。ビニール袋の中の粉はだんだん減ってきていた。教室にいてもクスリのことばかり頭に浮《う》かぶ。やめてしまおうと何度決心したかわからない。けれど、手がふるえてくると、もうどうすることもできないのだった。

しゅうが急ぎ足で家に帰り、玄関の戸を開けると、ふわっと香《こう》ばしい匂《にお》いがし、やわらかな声が迎《むか》えた。

「おかえり、しゅう」

エプロン姿の光代が居間から顔を出す。しゅうはそれだけでたまらなく幸福になる。

「ただいま、母さん」

光代はにこにこしていた。カバンを置きに自分の部屋へ行くと、机の上にチョコレートでコーティングされた小さなデコレーションケーキが置いてあった。小さい頃、しゅうの誕生日には光代が必ずケーキを焼いてくれた。しゅうはなつかしい香りを吸い込んだ。

夕食も光代が手によりをかけて作っていた。しかし、皿の上においしそうに盛られた料理を、しゅうの胃は受けつけない。心配する光代の言葉を封じるかのように、しゅうはしゃべり出した。

「ねえ、母さん、覚えてる?」

「えっ」

「小学校二年のとき、家出したでしょ、僕」

「うん……」

光代は愛くるしかった小さいしゅうを思い出して、くすんと笑った。

「家の下に隠れてたら、母さんが警察に電話しちゃって、出るに出られなくなっちゃって……とうとう朝になったんだ」

「そしたら、大きな泣き声が聞こえてきたのよね」

「うん」

「母さんもほっとしてわんわん泣いちゃったわ」

「母さん」

「ん?」

「あのとき、僕は母さんに見つけてほしかったんだ」

しゅうの告白《こくはく》は、光代の胸にズキンと響《ひび》いた。

「しゅう……」

「……ただ、それだけだったんだ。ごめんね、母さん」

初めて聞くしゅうのストレートな告白だった。実の母親ではないという事実に、光代はずっと負《お》い目《め》を感じ、おびえてきた。しゅうを愛《いと》しく思う一方で、亡くなった本当の母親にはかなわない気がして、しゅうはやはり自分を心の底では慕《した》ってはいないのではないかという思いがいつも光代を苦しめた。しかし、しゅうのひと言で、しゅうもまた同じ思いに苦しんできたことを知った。光代はこみあげてくる涙を呑《の》み込《こ》んで、明るく微笑《ほほえ》んだ。

「食べよ、しゅう。冷《さ》めちゃうよ」

その夜、坂本家の食卓では、乙女が大はしゃぎだった。金八先生にチョコレートを取り上げられてしまった乙女は、あれからまたチョコレートを作り直し、今度こそ父親に邪魔されずに養護学校へ持って行ったのだった。

「ヤヨちゃんのチョコ、大ヒットよ。もう、青木さん大興奮！　こんなおいしいチョコ、初めて食べたって」

「チョコレートの話、やめてくれないかな。ごはんの最中になんか甘ったるい話されると、メシがまずくなるんだよな。それになんだろうね、いい年した男がチョコで大興奮ってさ」

金八先生はたちまち不機嫌《ふきげん》になり、幸作がとりなすように話題をずらした。

「あ、あ、それでヤヨちゃんさ、〝みんなと一緒〟って言ったんだ」

「うん……あの子はこのままずっとみんなと一緒にいられると思ってたんだろうな」

金八先生は昼間の本田先生の受け売りで答えた。ヤヨにはかわいそうだが、現実はどうすることもできない。けれども、乙女はそんな父親を反抗的《はんこうてき》な目つきで見て言った。

「そうかな」

「えっ」

「ヤヨちゃんだって、卒業してみんなが別々の高校に行くのはある程度わかってたんじゃないの。彼女がこだわってるのは、みんなと一緒にいるってことじゃなくて、みんなと同じように受験したいっていうことなんじゃない？」

昨日のチョコレートの恨《うら》みがまだ生々《なまなま》しく、乙女の口ぶりにはトゲがあった。しかし考えてみると、乙女の言うことのほうが正しいような気もする。この春からずっと養護学校でボランティアをしてきた乙女のほうが、いまだにヤヨを前に腰《こし》が引け気味《ぎみ》の自分より、よほどヤヨの気持ちを汲《く》み取《と》れているのかもしれない。金八先生は口をつぐんで考え込んだ。

次の日、ヤヨは来なかった。

「みんなと一緒って言っても、学校に来なくちゃ、みんなと一緒にいられる時間がどんどん減っていっちゃうよな……」

元気なく帰り道を歩きながら、三Bたちは話し合った。

「ヤヨ、みんなと一緒に受験したかったんじゃないかな……」

祥恵がぽつりと言った。量太が急に立ち止まった。

「そうだ、それだ。きっとそうだよ！」

毎日、ヤヨのそばにいた祥恵たちは、ヤヨの意図《いと》を確信《かくしん》した。

翌日、みんなが心配するほどのこともなく、ヤヨはいつもと同じ笑顔で登校した。三Bたちは大喜びでヤヨを迎えた。

「先生、ヤヨ、ちゃんと来たよ！」

朝のホームルームのために入ってきた金八先生は、目を丸くした。ヤヨは欠席するとの連絡を事前《じぜん》にもらっていたからだ。

「ヤヨ？　ヤヨは今日、就職《しゅうしょく》の面接《めんせつ》じゃなかったかな？」

ヤヨはかたくなな目をして黙っている。

「ヤヨ？　就職の面接はどうしたね？」

三Bたちがざわめきはじめると、息をきらせて昌恵が飛び込んできた。

「ああ、お母さん、あのヤヨは今日……？」

「面接に出かける前にいなくなってしまったんです」

ヤヨの姿を見つけ、昌恵は大きなため息をついた。その昌恵に、ヤヨは言葉のつぶてを投げた。

「ミンナト一緒」

「何度も話したでしょ。ヤヨは高校へは行かないで就職するの。いつまでもみんなと一緒は無理なの」

「ミンナト一緒ッ」

ヤヨが激しく首を振る。昌恵はヤヨの席までやってくると、ヤヨの手を取ろうとした。

「今からなら、まだ面接には間に合うわ。さ、行きましょう」

「ミンナト一緒ッ」

嫌がるヤヨを立ち上がらせようとする昌恵の前に、祥恵が立ちはだかった。

「どうしてみんなと一緒じゃだめなんですか?」

「えっ?」

「ヤヨを高校へ行かせてあげてください」

「ヤヨに受験させてあげてほしいんです」

奈穂佳も加勢《かせい》する。

「弥生が受験?」

驚く昌恵に、量太も立ち上がって言った。

「受かるか受からないかわかないけど、俺とか孝太郎みたいなバカでも高校行く気なんだからさ」

「お願いします。ヤヨを受験させてあげてください」

「お願いします」

智美も、シマケンも、有希も次々と席を立ち、三Bたちはヤヨに代《か》わって昌恵に懇願《こんがん》した。中学生に取り囲まれた形になった昌恵は、突然のことに面食《めんく》らった様子《ようす》だ。金八先生がようやく皆《みな》を制《せい》して、席につかせた。

「自分たちの意見だけ言うのは、公平じゃないな。お母さん、このクラスも変わりましてね、実はみんなヤヨのことを心配しているんですよ。すみませんが、お母さんの口からぜひ、みんなにお考えを伝えていただけないでしょうか」

昌恵は目を真っ赤にして前に立った。

「皆さんの気持ちは嬉《うれ》しいです。でも、実際問題として、ヤヨは高校へ行けたとしてもただ通うだけになってしまいます。もうひとつは養護学校へ行くという考えもあります。でも、私は一刻《いっこく》も早く、ヤヨには社会に出て、一人で何でもやれるようになってほしい……そう考えています。実は私は心臓の病気を持っているの。だから、必ずこの子より先に死にます。だから、もし、私がいなくなっても大丈夫《だいじょうぶ》なように、少しでも早くヤヨには就職して自立してほしいと思っているんです。皆さん、どうか私の気持ちもわかってください」

昌恵の話は率直《そっちょく》だった。現実を突きつけられて、三Bたちは先ほどの勢いをなくし、しんと黙り込んでしまった。どうするのがヤヨにとって一番いいのか、皆が考えていた。

やがて、金八先生が口を開いた。

「自立ですか……実は私は昨日、娘からこんなことを言われましてね。ヤヨはみんなと一緒に高校を受験したいと言っているんじゃないかって……。お母さんの言うこともわかります。でも、こういう時期だからこそ、ヤヨの心を深く理解してやりたいんですよ。ヤヨはみんなと一緒、つまりみんなと同じように、悩んだり苦しんだりしながら、自分の手で自分の進路を決めたいんじゃないんでしょうか。私は、それはとても意味のあることだと思うのですよ。私もつい見落としてしまったけれど、ヤヨの心の中で今、自立《じりつ》の芽《め》がぐんぐん大きく育っているんじゃないでしょうかね」

「自立の芽……」

昌恵はあらためてまじまじと娘の顔を見た。就職先を見つけることに奔走《ほんそう》していた昌恵は、そこまで考える余裕《よゆう》がなかった。この三Bに入って、それほど、ヤヨは成長したのだろうか。

「ヤヨ……?」

「ミンナト一緒」

そう唱《とな》えるヤヨの瞳《ひとみ》は、満足《まんぞく》そうに輝《かがや》いていた。

「そうなんです。ヤヨはみんなと一緒に自分の進路を決めたいんです……ヤヨに試験を受けさせていただけませんか?」

金八先生が昌恵に言うと、三Bたちも一緒に頭を下《さ》げた。その光景を目にして、昌恵は涙があふれ出てくるのを止めることができなかった。

「わかりました……先生、どうかよろしくお願いします」

昌恵の返事を聞いて、三Bたちはわがことのように喜んだ。

「ヤヨ、よかったね。みんなと一緒に受験できるよ」

「うん」

ヤヨは祥恵や奈穂佳に手をとられてにこにこしている。金八先生はヤヨと向かいあい、真顔《まがお》になってゆっくりと言った。

「でもね、ヤヨ、これだけはわかってくれよ。高校受験がダメだったときには、別の進路を選びます。ね、ヤヨだけ特別なんてないんだ。それがね〝みんなと一緒〟ということなんです。わかるね？」

「わかった」

ヤヨは三Bたちを幸せにするあの笑顔で、こくりとうなずいた。

進路をぎりぎりまで迷う生徒はヤヨだけではない。一番いい進路を選び取るためには、土壇場《どたんば》での方向転換《ほうこうてんかん》もおおいに考えられる。金八先生の一日は長い。風邪《かぜ》がぬけきっていないのか、さすがに疲れて家にたどりつくと、足音を聞きつけたのかさっと玄関の扉が開き、幸作がにやにや笑いで迎えた。

「おかえり」

「ただいま。なんだよ、気持ち悪いな」

「いらしてますよ」

幸作が目配《めくば》せすると同時に、奥から青木が顔を出した。

「お邪魔してます」

「いかん、崇史の見舞いに行くのを忘れてた」

金八先生は反射的にくるりと後ろを向いたが、乙女にきつい声で呼び止められた。

「お父ちゃんっ、青木さん、ヤヨちゃんのことで来てくれたんだよ！」

「えっ？」

金八先生の足がぴたりと止まった。

青木はヤヨに思わぬ就職口を持ってきたのだった。ヤヨのレシピで乙女が作ったチョコレートは養護学校でも大好評《だいこうひょう》だったのだという。青木もそれを食べて感心すると同時に、ヤヨにはお菓子づくりの才能があるのではないかと直感《ちょっかん》した。養護学校でも絵を描いたり、パンをこねたりする授業があったが、ある分野に特別に力を発揮する生徒をこれまで何人も見てきた。青木は乙女からヤヨの話を聞くうちに、知り合いのケーキ屋に働き口があることを思い出した。昌恵はとにかく自立させることだけで必死だったが、ヤヨの適性《てきせい》を生かせる職が見つかるならば、こんなにいいことはない。

青木の話を聞いて、金八先生は夜遅いのもかまわず、さっそく青木と共にヤヨの家を訪れた。昌恵もヤヨもスペシャルオリンピックスのトーチランですでに青木とは顔見知《かおみし》りだ。金八先生は用心深《ようじんぶか》く、話を切り出した。

「実は、乙女は義理堅《ぎりがた》いというか、感謝の気持ちを表さずにいられない性分《しょうぶん》と言いましょうか、青木くんにチョコを渡したらしくてですね……あ、いわゆる義理チョコというやつなんですがね……」

昌恵は金八先生の長い前置《まえお》きに苦笑しつつも耳を傾《かたむ》けているうちに、だんだんその瞳《ひとみ》を希望に輝かせた。ヤヨが生き生きと働ける職場。考えるだけで、昌恵の胸は熱くなった。しかし、ヤヨは高校受験を決心したばかりである。いまさら就職に心を動かされるとは思えない。金八先生は巧《たく》みに言葉を選んでヤヨに説明した。

「うん。〝みんなと一緒〟だからな、高校も受験します。でもね、ケーキ屋さんも受験してみたらどうかな。試験は明日。あとは、簡単だ。一人で行くんです。どう、やってみるかい?」

こうして、ヤヨはケーキ屋の面接へ出かけた。器用な手先と、一途《いちず》な働きぶりを、店の主人は非常に気に入った様子だった。そして、ヤヨは次の日も、また次の日も学校へ来なかった。三Bたちは、ヤヨの空席《くうせき》を見てそわそわしはじめ、ついに、金八先生にたずねた。

「先生、今日もヤヨが休みですけど、なんかあったのですか?　病気ですか?」

考えていたのはみな同じだったらしく、金八先生が何と伝えるべきか迷っているうちに、康二郎が口を出した。

「わかった、家から出してもらえないんだ、あのお母さんに。やっぱり受験させないいって言い出したんだよ、きっと」

「ひでえ、監禁《かんきん》かよ」

「だったら、おれが行ってヤヨを助けてくる」

ガタンと音をたて、量太と伸太郎が立ち上がった。金八先生は驚いて三Bたちをなだめた。

「待ちなさい。ちゃんと連絡は入ってます。ヤヨは監禁されているのでも病気でもありません。ヤヨはね、体験入社でケーキ屋さんに働きに出ています」

「あれほど、おれたちと受験しようって言ったのに……！　やっぱ、だまされて働かされてるんじゃねえか」

「ひどい！　先生は何も言わなかったんですか？」

「先生、もしかしてグル？」

三Bたちは口ぐちに抗議し、金八先生の想像通り、教室は騒然《そうぜん》となった。

「おい、人聞きの悪いことを言うなよ。私はヤヨのお母さんとグルなんかじゃありませんよ。ヤヨのお母さんは君たちとの約束を破ったりはしません。ヤヨはね、自分の意思でケーキ屋さんで働きたいと言っているんだ」

「そんなの嘘《うそ》だ！」

しかし、それは嘘ではなかった。あれほど〝みんなと一緒〟にこだわったヤヨだったが、初日の体験後、まったく迷いなくケーキ屋の仕事を選び取った。高校受験のつもりはもうない。驚いたのは金八先生と昌恵の方だ。店の主人も学校を卒業して来ればいい、と言ったが、夢中になったヤヨは待ちきれなかったのだ。金八先生は、しばらく体験に通うので学校の方は休みたいと、昌恵から涙ながらに感謝の電話をもらっていた。

「ええっ、じゃ、おれたちの盛り上がりはなんだったんだよ……」

「なんか、ムナシくない?」

説明を聞いた三Bたちは、いっぺんにやる気をそがれ、裏切《うらぎ》られたような思いでつぶやいた。

「ムナシくなんかないっ。ヤヨはね、みんなより一足先に自分の道を見つけたんですよ。進路を決定するということは、みんながあの道を行っているんで、私も行きたいと駄々《だだ》をこねることじゃない。自分の手で、自分ひとりでもこの道を行こうと決意することが、進路を決定するということです。君たちはここから高校、あるものは大学と進んでその道を探すけど、ヤヨには高校も大学も必要なかったんです。ヤヨはもう自分の道を見つけたんですから。〝みんなと一緒〟というのは、みんなのように、自分で進路を決定したいということだったんじゃないかな。そして、ヤヨは自分の意思で自分進路をいま決定したんだよ」

三Bたちはしんと静まり返って、金八先生の言葉を聞いていた。

「……先生、本当にヤヨは大丈夫なんですか？」

「うん。ヤヨはもう大丈夫だ」

金八先生の答えを聞くと、三Bたちはよけいに取り残されたような、さびしい気持ちになった。

「進路を決定するというのは、巣の中で小鳥が羽ばたく姿に似ています。私が言えるのは、君たちの翼にはじゅうぶんに空を飛ぶ力が宿《やど》っているということだけです。ヤヨは一人で飛び立ちました。今度は君たちの番です。それぞれ一人で、自分の空へ向かってください」

ヤヨのいない教室で、三Bたちは受験の追い込みに入った。それでも、量太や祥恵は突然飛び立ってしまったヤヨのことが気になって仕方がない。

放課後、三Bたちは金八先生に聞いて、ヤヨの働いているというケーキ屋へ行ってみた。パステルカラーに塗《ぬ》られたかわいらしいその店は閑静《かんせい》な住宅地の中にあった。ショーウィンドウからそっとのぞいても、ヤヨの姿はない。量太たちは建物の裏に回りこんだ。すると、厨房《ちゅうぼう》の見える大きな窓があり、白い調理服と帽子をかぶったヤヨの姿があった。焼きあがったシュークリームに無心《むしん》に大きなふるいで粉砂糖《こなざとう》をふりかけている。

「ヤヨ！　ヤヨ！」

三Bたちは嬉しくなって窓際《まどぎわ》へ寄り、大きなジェスチャーで手を振った。ヤヨは窓の外にクラスメイトの顔を認めると、にっこり笑って手を振った。けれど、すぐに次の仕事の指示を受けると、また、ケーキのずらりと並んだ天板《てんぱん》の方へ向き直った。三Bたちはヤヨのひたむきな横顔をガラス越しに見つめていた。ヤヨはもう振り返らない。取り残されたような気持ちになった三Bたちの胸に、

「ヤヨは一人で飛び立ちました」

という金八先生の言葉が響《ひび》く。

「よしっ、おれらも受験、がんばるか！」

量太が沈《しず》んだ空気を振り払うように言い、

みんなより一足早く自分の進路を見つけたヤヨ。心配でならない三Bたちがそのケーキ屋さんに行って見ると、白い調理服に帽子をかぶったヤヨの姿があった。

しゅうの進路のことで金八先生を訪ねて来た母の光代。しゅうが就職を考えていると聞き、「家計は何とかするので、ぜひ高校へ行かせてやりたい」と言う。

ヤヨに背中を押された三Bたちは、それぞれの空をめざす意思を固めたのだった。

三Bの中で進路をはっきりとつかんでいないのは、しゅう一人になった。一度保護者と話し合いをと金八先生が思っていたとき、光代のほうが学校に金八先生を訪ねてきた。光代は今年度の個人面談にも三者面談にもすべて欠席している。光代はしゅうに就職の意思があることを、はじめて金八先生の口から聞いて驚いた。

「あいつとしては、なんとか家計《かけい》を助けたいと思っているようですが……でも、しゅうは勉強もできますからね。事情が許すのであれば、私はあの、進学してほしいと思っているんですがねぇ」

金八先生が遠慮がちに切り出すと、光代はすがるように金八先生を見た。自分の手でしゅうの人生を狂わせてしまうかと思うとたまらなかった。

「私も高校へは行かせてやりたいです。家計のほうはなんとかします。……今からでも受験、間に合いますか」

光代の返事に金八先生はすっかり嬉《うれ》しくなった。

「間に合います、間に合います！　いや、私はしゅうには緑山《みどりやま》高校の二次試験を勧《すす》めているんです。まだ、二次試験までには時間がありますから、お二人でじっくり話し合っていただけますか？」

「はい。ありがとうございます」

光代は嬉しそうに笑って、何度も何度も頭を下《さ》げた。最初に出会ったときとは別人のような光代の表情を見て、金八先生はしゅうのために心から喜んだ。そして、しゅうにとっても光代にとっても、二人は本当の親子なのだと実感した。

「いやぁ、よかったなあ。本当によかった」

光代の説得があれば、しゅうもやる気を出し、教室での態度も落ち着くことだろう、金八先生は楽観《らっかん》していた。

光代は帰宅するとまっすぐにしゅうの部屋へ行き、受験の話を持ちかけた。

「母さん、しゅうには高校に行ってほしいのよ。お金のことだったら、母さん働くから気にしないで。先生がね、しゅうは勉強ができるっておっしゃってたわ」

しゅうを見つめる光代の瞳《ひとみ》は誇《ほこ》らしく輝いた。しかし、しゅうは落ち着かない様子《ようす》で、母親ともろくに視線をあわせない。

「今からでも受験の間に合う高校があるんだって。だから……」

「いいんだ！　就職するんだから！」

しゅうはいらいらと光代の言葉を乱暴にさえぎり、ベッドに身を投げて壁の方をむいた。突然のしゅうの拒絶《きょぜつ》にあって光代は驚《おどろ》いたが、これまでのしゅうの苦悩《くのう》を思い、ひとまずはひきさがることにした。

その夜、しゅうは食欲がないといって夕食を食べなかった。光代は時間をかけてしゅうと話し合うつもりだ。今はかたくなになっていても、しゅうはきっとわかってくれるだろう。しゅうの未来を思い描くと、光代は自分の中にも希望が湧《わ》いてくる気がした。

しかし、翌日、光代は自分がいかに楽観的だったかを悟《さと》り、打ちのめされることとなった。身支度《みじたく》をして降りてきて、おはようを言うしゅうは昨夜の乱暴な受け答えが嘘《うそ》だったかのようだ。テーブルの朝食を横目《よこめ》に見て、素通《すどお》りしようとするしゅうを光代は追いかけた。

「ゆうべも何も食べなかったじゃない。大丈夫なの？」

「おなかすいてないんだ」

しゅうは光代の顔を見ないまま、何気《なにげ》ない調子で答えた。心配してしゅうの肩越《かたご》しにのぞきこんだ光代は、スニーカーの紐《ひも》を結ぶしゅうの手が小刻《こきざ》みに震《ふる》えているのを見て、一瞬にしてすべてを悟った。

こわばった笑顔でしゅうを送り出した光代は、まっすぐ二階へ上がり、隅《すみ》ずみまで探し回った。粉の入った袋はどこにもない。警察が捜索《そうさく》した時、見つけた覚せい剤はすべて押収《おうしゅう》されたはずである。けれど、光代が隠《かく》していたはずの注射器は出てこなかった。使いかけの袋が注射器と一緒にしてあったはずである。持っていける人物は、しゅうしかいない。最近のしゅうの様子《ようす》は、考えれば考えるほど、夫の昔の姿にそっくりだった。薬を常用《じょうよう》するようになった頃の栄輔だ。空腹《くうふく》なはずなのに食事の量が減《へ》り、温和《おんわ》で明るかったのが、

しゅうが使いに出て行ったのを確かめた後、しゅうの部屋でカバンをさぐった光代は、指先に注射器の感触を感じ、真っ青になった。

とつぜん殺気立《さっきだ》った目つきをするようになった。その先はまるで急坂《きゅうざか》を転《ころ》げ落《お》ちるも同然だった。光代はしゅうが帰宅するまで、何も手につかなかった。

学校から帰ったしゅうは、急いで二階へ上がっていく。光代は部屋へ行き、あらかじめ考えていた通りにしゅうにお使いを頼んだ。光代に財布《さいふ》を手渡されると、しゅうは落ち着きなく視線をさまよわせていたが、それでも言うことを聞いて出て行った。

しゅうが出かけていたのを確かめた後、しゅうのカバンに手を突っこんだ光代は、よく知っている注射器の感触《かんしょく》を指先に感じて、鈍器《どんき》で頭を殴《なぐ》られたような気がした。

それは出して見るまでもなく、光代が隠《かく》していた注射器と覚せい剤の包《つつ》みだった。しゅうの体までクスリにとられてなるものか。光代は粉の入ったビニール袋を手にまっすぐトイレへ向かった。二度と手にふれぬよう流してしまうつもりだ。

ところが部屋を出ると、青ざめたしゅうが階段をふらふらとあがってくる。薬の切れた苦しさに、途中で引き返してきたのだ。光代の手にビニール袋があるのを見たとたん、しゅうは狂ったように突進《とっしん》してきた。光代は壁際《かべぎわ》にはねとばされたが、袋は握りしめたまま、廊下《ろうか》を這《は》うようにしてトイレのドアへたどりついた。便器の中へ、袋の中身をあけようとする光代と袋を奪い返そうとするしゅう。激しいもみ合いになったが、ついに袋がやぶれて、粉が水の中へ散《ち》った。即座《そくざ》に便器の中へ手を突っ込むしゅうを見て光代は思わずギョッとなるが、すぐにレバーへ手をのばし、覚せい剤の溶《と》けた水を流してしまった。ビニールの袋は渦《うず》を巻きながら消えていった。しゅうの喉《のど》からうめきとも叫びともつかない声が漏《も》れた。

「……しゅう。クスリの怖《こわ》さを誰よりも知っていたはずのあなたが、どうして、こんな……」

しかし、しゅうの耳に、光代の言葉は聞こえていなかった。うわごとを言うように唇をわななかせていたしゅうは、狂気の目で床《ゆか》に落ちた光代の財布を見ると、それをわしづかみに駆けだしていこうとした。光代が飛びついて止めようとする。二人は激しく争いながら、階段を転《ころ》げ落《お》ちた。しゅうが一瞬、われにかえり、心配してそばへ来ると、光代は腕をいっぱいにひろげてしゅうを抱きしめた。

「しゅう！　父さんが悲しむでしょう！　しゅうは母さんと父さんの大事な宝物なんだから。しゅう……母さんもがんばるから、しゅうもやり直して……母さんと一緒にやり直して……！」

光代が涙をぼろぼろこぼしながら懇願《こんがん》する。しゅうは頭をかかえ、その場にうずくまった。

「……母さん、助けて……」

クスリの禁断症状《きんだんしょうじょう》に対する二人のたたかいは続いた。三人で進路を話し合おうとやってきた金八先生を、光代は心を鬼にして、しゅうが熱を出したといって追い返した。痙攣《けいれん》するように震《ふる》えるしゅうを、光代はしっかり抱きしめて励ました。しゅうはその腕の中でもがき、激しく嘔吐《おうと》した。

「……助けて……助けて……」

やがて、その瞳《ひとみ》が異様《いよう》な光を帯《お》び、しゅうは突然おびえたように光代からとびのいた。

「誰だ！　おまえなんかに殺されないぞ！　虫だっ、虫だっ……」

しゅうの目に母親はもう映らず、部屋はおぞましい幻覚であふれかえった。皮膚《ひふ》の下をうごめく無数の幼虫が腕の皮を食い破り、全身を這《は》いずりまわる。しゅうは狂ったように叫びながら、自分の腕をかきむしった。光代は汗と涙のしずくをボタボタ落としながら、暴れるしゅうに馬乗りになり、しゅうをロープでベッドに縛《しば》りつけた。

長い夜だった。明け方二人は疲れきって、いつの間にか寄りそったまま眠っていた。射《さ》しこむ朝日で目を覚ました光代は、しゅうの腕の生々《なまなま》しい傷痕《きずあと》を目にし、声を押しころして泣いた。


それから何日か、しゅうは学校を休んだ。都立の一次試験は目前だ。三Bでは大半の生徒が最後の追い込みをかけ、サンビーズや仲太郎たちでさえ、少しでも多くの年号や単語を頭にたたきこむのに必死だ。金八先生の進路指導は安井病院に出張して崇史に対しても行われた。

「今日、リハビリで学校の前まで行ってきました」

金八先生の顔を見ると、崇史は笑顔で報告した。来るたびに目に見えて元気になっていく崇史の姿に、金八先生はいつも励《はげ》まされた。医者は驚異的な回復力だと話していた。それでも、都立の一次試験にはやはり間に合わなかった。勉強のできる崇史には、開栄を諦《あきら》めた上、さらに都立の志望校までも妥協《だきょう》させるのは惜《お》しいというのが、職員室での一致した意見だった。

「崇史、焦《あせ》ることはない。今年はあきらめて、来年、青嵐《せいらん》をねらってみようよ。一年なんて、長い人生のうちじゃ一瞬のことだ。高校浪人はつらいかもしれないが」

金八先生にそう言われると、崇史の顔は落胆《らくたん》で曇《くも》った。ベッドのサイドテーブルには参考書が積み上げられている。しかし、一度捨てた命を奇跡的にとりとめた崇史である。金八先生の言うように、焦らず丁寧《ていねい》に生きようと、思いなおした。病室でも受験勉強を続けてきたが、頭のどこかではもうすでにわかっていた結果だ。

帰ろうとする金八先生を、崇史は深刻《しんこく》な面持《おもも》ちで呼び止めた。

「すみませんでした。……あのとき、僕は苦しくて、つらくて……でも、ぼくのやったことは自分勝手でした」

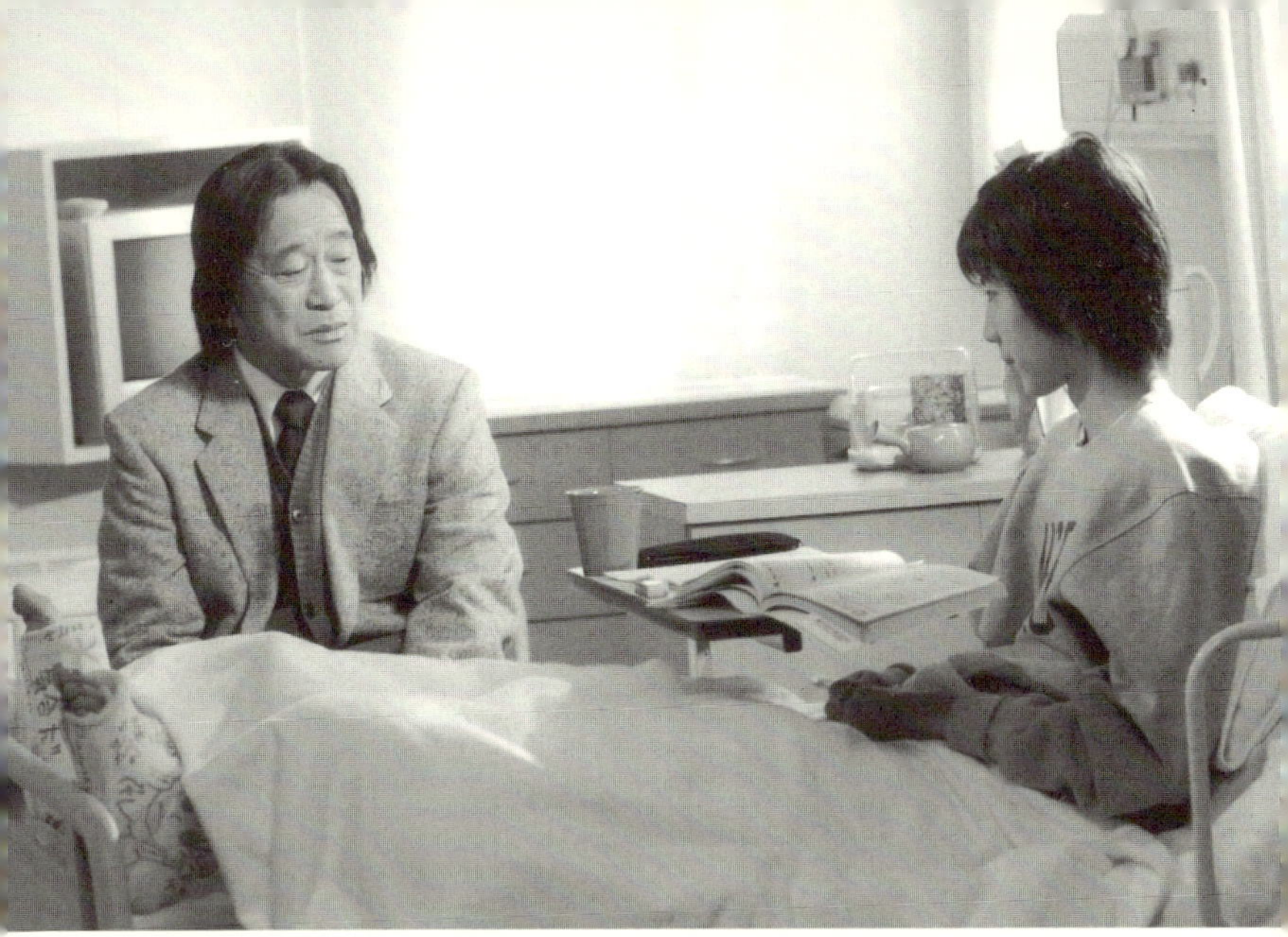

崇史は、進路のことで病院に寄ってくれた金八先生に「僕のやったことは自分勝手でした」と心からわびた。

崇史の飛び降りが、両親を、金八先生を、しゅうを、三Bのみんなを、どんなに苦しめたかしれない。自分を責《せ》めてうなだれる崇史に、金八先生の声は優しかった。

「うん、君のやったことは愚《おろ》かなことだった。でも、君はそのことに気がついた。もう、大丈夫《だいじょうぶ》だよ。二度とばかな真似《まね》はするんじゃないぞ」

「はい」

「早く学校へ出て来い。そして、一緒に泣いてくれた三Bのみんなの前で、一度でいいからしっかり謝ってくれ。いいな、早く、学校へ出て来い」

「はい……」

崇史は自分が会っていちばん謝りたい友

だちの顔を思い浮かべた。朦朧《もうろう》とした意識の中で、涙で濡《ぬ》れたしゅうの顔を何度も夢に見た気がする。

「先生、しゅうは……本当に就職するんですか?」

しゅうはいつから就職を心に決めていたのだろうか。金八先生は少しのあいだ崇史を見つめ、それからため息をついた。

「いや、お母さんは進学させたいとおっしゃっていてね、私は緑山《みどりやま》の二次を受けてほしいと思っているんだがなぁ。いろいろあってね……」

金八先生が帰ってしまった後も、崇史は車椅子に座《すわ》ったまま、長いこと考えこんでいた。病室の窓から見える夕焼け雲は、トラックの屋根に寝転《ねころ》んでしゅうと一緒に眺《なが》めた空を思い出させた。


ロープで痛々《いたいた》しく擦《す》りむけた手首を大きな絆創膏《ばんそうこう》で隠《かく》し、しゅうが学校へ出てきたのは、都立の一次試験当日だった。しゅうが遅れて入っていくと、黒板に「自習」と書かれた教室ではすでに推薦《すいせん》や第一志望の私立に受かった生徒が静かにおしゃべりしているだけで、なんだかがらんとしていた。欠席する以前よりもさらに顔色も悪く、だるそうなしゅうの姿に、舞子は眉《まゆ》をひそめた。

席につくとしゅうは自習用のプリントを机の上に広げたが、内容はまったくといっていいほど頭に入らない。クスリを断《た》てたと思って学校へ出てきたが、しばらくすると机の上に置いた手がふるえだした。誰かにじっと見張られている気がする。しゅうは両手をきつく組み、周りに気づかれないようにとそっと席を立って窓際《まどぎわ》へ移動した。何を見るともなく、校門のあたりを眺《なが》めていると、車椅子《くるまいす》の人影《ひとかげ》がゆっくり近づいてくる。しゅうは思わず目をこらした。車椅子に長い手足を窮屈《きゅうくつ》そうに押し込んでいるのは崇史、付き添《そ》っているのは母親だ。窓にもたれたしゅうの姿が崇史にも見えたのか、崇史は手招《てまね》きするような仕草《しぐさ》をした。

校庭で、しゅうは久しぶりに崇史と向き合った。

「こんなところまで来て大丈夫なのか?」

「ああ。昨日も来たんだぜ」

崇史は元気に答えると同時に、久しぶりに会うしゅうのやつれた様子《ようす》に驚《おどろ》いた。しゅうはなんだかやっと立っているように見えた。

「どこか具合《ぐあい》悪いの?」

「いや……」

言葉をにごすしゅうを、崇史はひたと見つめた。

「先生から聞いたんだけど、就職を希望してるんだって？　どうしてだよ？　お母さんも進学させたいって言ってるんだろ？」

しゅうは答えなかった。しばらくの沈黙《ちんもく》の後、崇史はきっぱりと言った。

「しゅう、緑山《みどりやま》の二次を受けないか？　おれも受けるから。それで、一緒に高校へ行かないか」

しゅうは答えない。しかしその目は驚きでいっぱいに見開かれている。

「一緒に行こう、しゅう！」

崇史が繰《く》り返《かえ》すと、しゅうはようやく微笑《ほほえ》んだ。

「ありがとう……崇史」

しゅうは崇史の手を握りたかったが、ぶるぶるとふるえる手はいうことをきかない。しゅうはそっと手をポケットの中に隠した。

崇史を見送り、しゅうは教室へ戻ろうとしてきびすを返した、その瞬間、地面がぐらりと揺《ゆ》れた。そこから先の記憶はない。突然気絶《とつぜんきぜつ》して倒れたしゅうを最初に見つけ、本田先生に知らせたのは舞子だった。心配のあまり、陰《かげ》からしゅうをそっと見守っていたのだ。しゅうは保健室のベッドで怖《こわ》い夢を見ていた。連絡を受けた光代が迎えにきても、まだ夢で見た声がしゅうの耳の中で鳴《な》り響《ひび》いていた。

……丸山、見いつけた！　殺すぞ！……

しゅうの様子がおかしいので病院へ連れていくことをすすめる本田先生をふりきって、光代はしゅうを家へ連れ帰った。ぐったりとしているしゅうをベッドに寝かしつけてやろうとすると、しゅうが光代の顔を見あげて言った。

「……今日、崇史が来たんだ。一緒に緑山の二次を受けようって……同じ高校へ行こうって……僕、受けてもいいかな？」

「しゅう……」

光代は涙で言葉も出ず、返事の代《か》わりにしゅうの体を力いっぱい抱《だ》きしめた。

「母さん、僕、クスリやめるから……高校へ行きたいんだ、崇史と」

しゅうは母親の腕に身をまかせ、繰り返した。自分の肩を抱きとめている温《あたた》かな感触《かんしょく》が心地《ここち》よかった。やわらかな母の手がしゅうの腕をやさしくさする。その手の甲を、夕日が暖《あたた》かい色に染《そ》めている。その指の隙間《すきま》から……大きな幼虫《ようちゅう》が這《は》いずり出してきた。
驚《おどろ》いて跳《は》ね起きると、布団《ふとん》の中はうごめく幼虫《ようちゅう》の海だ。しゅうは悲鳴をあげた。

3年B組金八先生スタッフ＝キャスト

◆スタッフ

脚本	清水　有生
音楽	城之内　ミサ
プロデューサー	柳井　満
演出	福澤　克雄
	三城　真一
	加藤　新

主題歌「初恋のいた場所」：作詞・武田鉄矢／作曲・千葉和臣／
編曲・若草　恵／唄・海援隊

制作著作——TBS

◆キャスト

坂本　金八	武田　鉄矢	大森巡査	鈴木　正幸
〃　乙女	星野　真里	安井病院長	柴　俊夫
〃　幸作	佐野　泰臣	和田教育長	長谷川哲夫
千田校長	木場　勝己	道政　利行	山木　正義
国井美代子（教頭）	茅島　成美	〃　明子	大川　明子
乾　友彦（数学）	森田　順平	狩野伸太郎	濱田　岳
北　尚明（社会）	金田　明夫	園上　征幸	平　慶翔
遠藤　達也（理科）	山崎銀之丞	丸山しゅう	八乙女　光
小田切　誠（英語）	深江　卓次	丸山　光代	萩尾みどり
本田　知美（養護）	高畑　淳子	飯島　弥生	岩田さゆり
八木　宏美（音楽）	城之内ミサ	飯島　昌恵	五十嵐めぐみ
小林　花子（家庭）	小西　美帆	田中センター長	堀内　正美
小林　昌義（楓中学）	黒川　恭佑	乾　英子	原　日出子
シルビア（AET）	マリエム・マサリ	青木　圭吾	加藤　隆之

◆放送

TBSテレビ系

2005年1月7日・14日・21日・28日・2月4日・11日・18日

（22時〜22時54分）

●高文研ホームページ・アドレス
http://www.koubunken.co.jp
●ＴＢＳ・金八先生ホームページ・アドレス
http://www.tbs.co.jp/kinpachi

3年B組
金八先生　**15歳の別れ道**

◆2005年３月25日――――――――第１刷発行

著者／清《し》水《みず》有《ゆう》生《き》

出版企画／㈱ＴＢＳテレビ事業本部コンテンツ事務局
カバー・本文写真／ＴＢＳ提供
装丁／商業デザインセンター・松田礼一

発行所／株式会社　**高文研**
〠101-0064　東京都千代田区猿楽町2-1-8
☎03-3295-3415　Fax 03-3295-3417
振替　00160-6-18956

組版／Web D（ウェブディー）
印刷・製本／三省堂印刷株式会社
★乱丁・落丁本は送料当社負担でお取り替えいたします。

ISBN4-87498-340-5　C0093